久保広海

所沢のタイソン

REP.
TOKOROZAWA
TYSON

HIROUMI KUBO

東京キララ社

所沢駅前交番
THE.

降車専用
プロペからのお
PROPE
THE.

THE.

まえがき

男は誰だって強さに憧れる。昭和生まれの男の子にとって「ウルトラマン」や「仮面ライダー」などのヒーローものは必ず通る道。幼い頃はみんな、力と正義に憧れたはずだ。自分の場合、力が正義だと信じてずっと生きてきた。

その理想を求めるのが男として当たり前だと思っていたのに、みんな自分よりも強い奴と出会うようになると簡単に諦めていった。小学校高学年から中学生ぐらいで、多くの人がヒーローの夢から醒めてしまうようだ。そして大人になって家族を養っているうちに失っていってしまうんだろうけど、自分は今でもずっと男の強さへの憧れが続いていて、それが変わることはない。

年下や弱い者を虐めたり、強い者に媚びたり、嘘を吐いて逃れたり、保身のために仲間を売ったり、俺はそんな汚いことはしたくない。子供の頃に思った「どっちが強いか」という純粋な気持ちを持ち続けたまま今まで生きてきた。

自分はこれまで何度も逮捕されてきたが、すべてが暴力事件だ。〝我慢〟というものを知らずにそれまで生きてきてしまったものだから、自分を矯正するのにはかなり苦労した。35歳になってからは喧嘩もせず、自分なりに真っ当な生活を3年ほど送ってきたけど、つい最近、大きな出来事が起こった。それを知りたくてこの本を手にしている人が多いと思うが、その渦中の男に触れるのは、このストーリーに必要な最小限の範囲とし、これが最初で最後の機会にしたい。

この本では〝男ならタイマン一発勝負〟と思って生きてきた自分の特殊な人生を、過去の悪事もできるだけ包み隠さず書いていきたいと思っている。

自分の人生を漢字一文字で表すと〝怒〟だと思っている。常に何かに怒り、すぐに暴力で解決しようとしてきた。ずっとそれの繰り返しで生きてきた。

でもあるとき「この怒りってなんだろう？　なんで自分はいつもこんなに怒っているんだろう？」と疑問に思うようになった。そして「怒りは俺を幸せにしたか？」と考えるようになり、「残りの人生、このままでいいのか？」と自問自答して、「暴力や怒りでは何も解決しないし、どうせ一度の人生なら笑って生きたい。周りの友達や家族を幸せにしたい」という思いにたどり着いた。

幸せの価値観は人それぞれだけど、今は「どれだけ笑顔で過ごせたか、周りの人たちをどれだけ笑顔にさせられたか」というのが幸せってことなのかなと思っている。

自分は35歳になるまで、「こんな当たり前の生き方に気づかなかった。最近はよく「喧嘩が強くなるにはどうしたらいいですか？」という質問をもらうけど、ここで言っておきたい。喧嘩が強くて良かったことなんか1つもなかった。関係のないイザコザに巻き込まれるなんてしょっちゅうで、良かったと言えばせいぜいキャバクラでモテることぐらいだ。

好き勝手に生きてきておきながら偉そうになんだけど、「早い時点で気づかないと、俺みたいになっちゃうよ」と言いたい。人生はいくらでもやり直しがきくけど、道を踏み外したとしてもなるだけ早く気づいてほしい。つまらない喧嘩で人生を台無しにしてほしくないというメッセージが本書には込められている。

最後にこの本をプロデュースしてくれたＫＥＩさんに、この貴重な機会を与えてくれたことを感謝したい。

２０２１年４月　　久保広海

もくじ

REP. TOKOROZAWA

TYSON

REP.
TOKOROZAWA
TYSON

第1章 所沢で生まれたタイソン

保育園からアウトロー

俺の名は久保広海。ネット上では〝所沢のタイソン〟と呼ばれ、自分の喧嘩話に勝手に尾ひれがついて一人歩きしているようだ。自分からはそういったサイトを見ることはないけれど、先輩や後輩から「こんな記事があがってるよ」という話をよく聞かされる。中にはあまりにも現実とかけ離れた話も多く、「これが都市伝説か」と思うこともある。

これまでは間違った情報が出回っていても、いちいち反論しようとは思わなかったが、こうして本を書く機会をもらったので、思い出せる限り正確に数々の〝事件〟を自分自身で検証していきたい。

そもそもなぜ〝所沢のタイソン〟と呼ばれ始めたのかというと、きっかけは自分が27歳の頃だ。先輩たちと池袋でたむろっていたら、外国人の売人が自分たちにクスリを売りつけてきた。そのときは結構、深刻な話をしていて「それどころじゃねぇんだ。あっち行け」と追い払ったけど、その外国人がしつこいからムカついて思い切りぶん殴ったら、そいつがすごい勢いでぶっ飛んじゃった。

それを見た先輩たちが「お前、マイク・タイソンみたいだな」と言ったので、仲間たちの間で〝タイソン〟と呼ばれるようになった。それに俺の地元の〝所沢〟がついてネット上で〝所沢のタイソン〟という呼び名が定着したようだ。

そんな事件も自分からしたらよくあることで、日常の一部といった感じ。どれだけの人間をぶっ飛ばしてきたのか、自分でもまったく見当がつかないが、俺以上に人を殴った人間は他にいないんじゃないかと思う。

物心ついた最初の記憶も、保育園の同級生を殴っているシーンだ。ごつい石を持って顔面をバンバン殴っていたら、その友達は歯が全部折れて血だらけになっちゃった。お袋が平謝りしている姿が強く印象に残っている。最初の記憶が暴力というのがなんとも俺らしい。

これはつい最近お袋から聞いた話だけど、保育園で同級生がみんな「親分、親分」と言って自分に従っているのを見て、「将来どえらい子になるんじゃないか」と思ったという。

生後間もない著者

俺は昭和57（1982）年に所沢で生まれて、所沢で育った。父・達郎と母・恵、そして2つ上の兄貴・卓也と自分の4人家族で、自宅はごく普通の団地だった。自分の地元の航空公園駅の辺りはかなり荒れた地域だったので、同じ団地には悪い先輩がたくさん住んでいた。ただ不思議なことに、道路を挟んだマンションには不良が一人もいなかった。

団地の真ん前がバス停。団地の入り口は商店街になっていて、ちょっとしたスーパーや八百屋、肉屋なんかが軒を連ねていた。今は空き店舗ばかりで閑散としているが、当時は中華のチェーン店やゲームセンターまで出店し、賑わっていた。ゲーセン前の広場が地域の溜まり場だったから、そこで上級生の人たちとも自然と知り合っていった。小学校4年生ぐらいになると、中学生の不良の先輩と遊ぶようになり、原付の後ろに乗せてもらったり、お小遣いをもらったりと、かなり可愛がってもらっていた。

ネット上では「小学生の頃からタバコ、喧嘩、カツアゲに明け暮れ、兄貴のボンタンを履いたり、原付を盗んだりしていた」と噂されているが、これはほとんど事実だ。

2つ上の兄貴も不良だったが、さらにその上の世代がめちゃくちゃ悪かった。自分の6つ上までが特に過激で、どちらかというと昔からの正統派の不良といった感じ。

唯一現存する家族写真。右二人が両親

久保兄弟

地元の中学の制服は学ランだったんだけど、短ランにしたり、裏地に凝ったり、刺繍を入れたりとみんな改造するものだから、5つ上の代から中学の制服がブレザーに変わってしまった。要するに刺繍などができないようにということだ。

制服が学ランから紺色のブレザーの上下になったが、それでもやはりみんな改造してしまう。上は紺の〝短ブレ〟で下は黒いボンタンかドカンというスタイル。だから、小学生のときに兄貴のボンタンを履いていたっていうのは本当の話だ。

ネットで書かれているような悪いこともしてきたけど、とにかく自分の記憶に残っているのは毎日喧嘩ばかりしていたということ。

人を殴ったというのは幼稚園の頃の記憶が最初だけど、それからもずっと言うことを聞かなかったり、反抗したりする友達は全員ぶっ飛ばしてきた。殴らなかった同級生はいないんじゃないかというくらい殴ってきた。自分で言うのもなんだが、まるでジャイアンのような小学生だった。

同級生をみんな怪我させちゃうから、その度にお袋が謝りに行って。もう100回じゃきかないんじゃないかな。逆に保護者から乗り込まれることもあったけど、お袋が泣きながらずっと頭を下げていた覚えがある。今になってみればお袋に迷惑をかけて申し訳なかったという気持ちが強いが、当時はそんな思いは微塵もなかったし、友達が怪我しようと骨が折れようとなんとも思わなかった。

教室で自分と喧嘩して救急車で運ばれた友達もいっぱいいた。鼻が折れたり、歯が折れたり、鼓膜が破れたり、ぶん投げて脱臼させたり、眼窩底骨折や脳震盪で病院送りにしても、まるで人ごとのように思っていたほどだ。

同級生と比べて自分の腕力は桁違いに強かったが、その力をコントロールすることができなかった。眼窩底骨折のときもそうだが、相手が大怪我したといっても、自分からしたら一発殴っただけだ。

保育園のときから一度も喧嘩で負けたことがないので、小学校の頃には自分は強いっていうか、他の人とは違うんだと思いながらずっと生きてきた。

エスカレートする暴力と学級崩壊

小学5年生の頃から悪さが激しくなっていった。

うちの団地には昔ながらの新聞受けがあって、玄関扉の外から新聞なんかを入れられるようになっていた。そこで大量に爆竹を買い込んで「今日はこの棟にしよう」と決めて、端から爆竹に火を点けて投げ込んで逃げるという遊びをよくやっていた。これが流行って仲間が10人にまで増えた。最初の頃のように一人とか二人だと逃げ切れるけど、人数が増えると必ず鈍臭い奴が出てきて捕まってしまう。このときは警察沙汰にもなり、親も呼ばれた。

同じく5年生のとき、隣町の同い年ぐらいの奴をゲームセンターでぶっ飛ばしてカツアゲしたら、そいつの親父が乗り込んできたことがある。小さい商店街を車で追い回され、俺たちは怖くて必死で逃げた。近所のマンションに逃げ込んで、上の階から様子を窺っていたら、ちょうど真下にその親父が乗ってきたジャガーが停まった。

捕まったら大変だと思ってずっと隠れていたけど、そのうちだんだんと腹が立ってきて、その場にあった消火器を投げ落としたら、まさかのストライク。車のボンネットにバーンと突き刺さったのを見てビビってしまい、慌てて逃げ出した。

あるときに友達が4人ぐらいで遊んでいるという情報を聞いて「俺らも行こうぜ」とそいつの家に行き、チャイムを何度も鳴らしたがまったく出て来ない。その家に居るのはわかっているのに、電話をかけようがガン無視。完全に居留守だと思ってムカついて、そいつの家が13階だったにも関わらず、非常階段からベランダを伝って部屋まで乗り込んでやった。途中で手を離したら一巻の終わりだけど、そんなことは関係なかった。

決死の思いでそいつの家のベランダに到着すると、部屋のカーテンが開いていて中にいた友達4人と目が合った。まさかベランダから来るとは思ってなかっただろうから、そいつらは「うわっ！」と驚いて、ものすごく焦った顔をしていた。サッシの鍵も開いていたから、「何、居留守使ってんだよ！」と入って行って、その場で4人ともボコボコにした。これも大問題となり、親が謝りに行った。

毎日のようにこんな問題ばかり起こしているから、近所の親たちから「久保君と遊ぶな」という言葉をうんざりするほど聞かされてきた。学校帰りに友達を遊びに誘っても、気まずそうに「ごめん、親にヒロと遊ぶなって言われちゃって」と言うから、「いいから来い」とその場でぶっ飛ばしていた。

お袋と一緒に友達の家によく謝りに行ったけど、ただ一人だけ「うちの子が久保君

著者の育った団地

著者が住んでいた自宅前にて

と遊ぶと楽しいって言ってるのよ」と言ってくれた母親がいた。それ以外の両親からは総スカンを食らっていたから、すごく印象に残っている。

いつも「今日は野球やるぞ」とか「秘密基地を作るぞ」と言って、放課後にみんなで何をして遊ぶかを自分が決めていた。反論しようものなら殴られるから、みんな黙って従っていた。

放課後に遊んでから家に帰ると、いつもお袋に「今日はみんなで缶蹴りして遊んだ。楽しかった」などと報告していたけど、ある日「みんなで何して遊ぶかをいつもヒロが一人で決めるんだね」と悲しそうな顔をして言われた。それが印象的で「あれはどういう意味なんだろう」って数日考えて「俺はみんなと一緒に楽しく遊んでいるつもりだったけど、もしかしたら友達は他のことをして遊びたかったのかもしれない」ということに気づいた。そして「今日は何をして遊ぶ?」とみんなに問いかけることができた。

それまでは自分のやりたいことを「今日はこれをやるぞ」と決めていたのが、人の意見も聞こうという意識に変わったのは、お袋の一言と悲しそうな顔が忘れられなかったからだ。お袋はこんな話自体忘れてるだろうけど。

俺ほど人を殴った人はいないと思っているけど、同時にお袋ほど人に謝った人もいないと思う。本当に迷惑をかけてきた。自分が問題を起こしたときでも、お袋は優しく「なんでそんなことしたの？」と聞いてくるだけ。怒らないし手もあげない。

その分、親父は怖かった。毎日のように何か問題を起こしているから、それがバレて親父から怒られないように、親父が帰宅する前の夜6時か7時くらいになると「今日のことは親父に言わないで」とビクビクしながら母親にお願いしていた。

学校で毎日のように誰かをぶっ飛ばしていたので、夕方に家の電話が鳴ると「また学校からだ」と思って怯えていた。自分で問題を起こしているのに「夜の電話は碌なことがない」と毎日、ドキドキしていた。

そんなこんなで学校でもずっと暴れていて授業にならないから、小学5年生のときに担任の先生が鬱になってしまった。女の担任の先生だったが、学校に来られなくなって学級崩壊みたいになってしまった。

実家の団地の棟の前にある公民館では、毎晩のように自分の問題で保護者会が開かれた。「引っ越してくれ」とみんなから責め続けられて、その間、お袋と親父はずっと平謝り。

保護者会の結論は、保護者みんなで自分を監視すること。担任が学校に来られないから教頭先生が代わりに教壇に立ち、平日なのにまるで授業参観のように毎日、保護者の誰かしらが授業を監視しに来るようになった。そうでもしないと授業ができないくらいに自分が暴れてしまうから。だからといって学校が嫌いだったわけじゃなく、普通に毎日通っていた。でも、やっぱり暴れてしまうので、なかなか授業ができない。そんなことが続いて、手に負えないっていうことで小学5年生のときに児童相談所にぶちこまれてしまう。

児童相談所は所沢警察署の真ん前にあって、そこは虐待を受けている子供などが一時的に保護される場所だ。それまでも何度か所沢署にお世話になっていたことから、「ここで頭を冷やせ」ということで警察からその施設を勧められたようだ。

自分が初めて所沢署に補導されたのは小学4年生のときだった。原付をパクろうとしている最中に警察が来た。きっと通報が入ったのだろう。友達と二人で署に連れて行かれ親を呼ばれた。当時すでに自分の悪評が地元で広まっていて、他校の生徒をぶっ飛ばしてカツアゲしたときには、「こんな悪さをするのは久保しかいない」とすぐにバレて捕まってしまった。

毎晩のように保護者会が開かれた公民館

所沢警察署の向かいにある所沢児童相談所

小学4年生の頃からこんなことの繰り返しだったけど、小学生だったから、親が署に迎えに来たら注意されて終わり。

さて、児童相談所に入ったはいいけど、結局我慢できなくてその日の夜に脱走して家に帰ってしまった。同じことを2回続けたら、「こんなことを繰り返してもしょうがないから、親が面倒をみてください」ということになって、児童相談所からも見放されてしまう。

この頃から同じ学校の生徒だけでなく、他校の生徒とも喧嘩をするようになっていく。自分の喧嘩スタイルは基本、ステゴロ（素手）のタイマンだが、隣の小学校の不良グループと揉めたときは3対3の対戦になった。

対決場所は自分が住んでいる団地の前にあるグラウンド。相手は自分と同じ小学5年生。でも、自分は相手と味方が入り混じってゴチャゴチャするのがあまり好きじゃなかったので、結果的に先鋒、中堅、大将に分かれる団体戦スタイルにして、それぞれがタイマンでやり合った。それに勝ってから、どんどん地元で名が挙がっていき、他校の生徒からも警戒される存在になっていく。

中学校に上がる前に、他の小学校で保護者会が開かれたらしいが、その内容は「並木東小から久保っていうとんでもないのが来るから気をつけろ」だったという。

喧嘩ばかりして、とんでもなく悪い小学生だったと思う。ただ、自分にもルールがある。カツアゲなどで絡むときも絶対にタメ以上と決めていて、年下とわかったらやめていた。

自分はこの頃から先輩後輩の関係が嫌いで、相手関係なくタメ口で話していたけど、それが生意気だと文句言ってくる奴は、とことんぶっ飛ばしてきた。たとえば小学生の頃は年上でも「○○君」で良かったのが、中学になると急に「○○先輩」って呼ばないとぶっ飛ばされるみたいな風潮が大嫌い。だから、自分が喧嘩してきたのは全員、自分より目上か、強いと言われている同い年が相手だ。後輩には一度も手を出したことがない。タメの中では頭一つ抜きん出ていたからだと思う。友達が先輩にヤキ入れられたりしたら、自分がその先輩をぶっ飛ばしていた。

二十歳過ぎてからは刺したとか刺されたというのもあるが、10代の頃はほとんど素手でタイマンだった。いわゆる昔ながらの不良の喧嘩だ。ネットでは「小学生の頃に大学生とタイマンを張った」と噂されているようだが、流石にそれはない。ただ、小学4年生の頃にはもう同級生じゃ相手にならなくなっていて、6年生の兄貴の友達と喧嘩していた。5年生なんかはブルっちゃって話にならなかった。

この年頃で2歳違うと、体格差はかなりある。当時は背が低くて体も細かったけど、兄貴の友達と喧嘩しても負けたことはない。途中で引き離されて、引き分けという感じで終わることはあったが、それも今では「昔は互角だったな」と笑い話になっている。

自分は体が小さかったから「デカい奴には負けたくない」という思いが強かった。だから、小学生の頃からめちゃくちゃ身体を鍛えてきた。力は元から異常に強かったので、体格差があってもパワー負けすることはない。自分で言うのもなんだけど、運動神経もずば抜けていて、短距離も持久走もいつも大会1位だ。当時は『スラムダンク』が流行っていたが、自分はバスケも上手かったから、4年生のときに6年生のチームに呼ばれて市の大会にも出ている。

特に野球に関しては、未だに同級生から「絶対にプロ野球選手になると思ってた」と言われるぐらい本格的だった。本来は小学校に入学してからしか少年野球チームに入団することはできないが、2つ上の兄の試合をよく見に行っていたから、自分が保育園の年長のときに特別に入団させてもらった。

野球を始めてからすぐに頭角を現し、4年生のときには一人だけ6年生のチームに混じって試合に出るようになっていた。本来のポジションはショートだけど、球が速かったのでエースで3番を任された。そのとき6年生だった兄貴がベンチで自分はスタメン。兄貴が野球をやっていたから自分も始めたのに、これはかなり複雑な心境で、後にも尾を引くこととなる。他の父兄からも、「どうしてうちの子供が6年生なのに出られないのか」と苦情が入っていたようだ。

でも、自分からすると、もともと野球は上手かったけど、人一倍練習もしてきた。それこそ、家に帰ってからも団地内の敷地で1日も休まず、親父とマンツーマンで年に365日、バッティングなどの夜練を2時間もさせられていた。悪事がバレて親父から説教された日でも、夜8時になるとパッと切り上げ、「さあ、行くぞ」と10時まで特訓だ。

親父も昔、野球をやっていたようで、自分が外でどんなに暴れていようと野球にだけは期待していた。それにしても、仕事が終わってから毎日2時間も息子の練習につきっきりというのは、今から考えると親父もすごい根性だったなと思う。

団地の真ん前にはグラウンドもあるんだけど、夜練はいつも団地の一階にあるピロティだった。天井の高さはそれほどないけど、広さはそれなりにあったから、ティーバッティングやピッチングなどに最適な場所だ。屋根があるから、雨の日でも雪の日でも練習が可能だった。だけど問題は打球音。天井近くにあるアルミ部分に打球が当たるとものすごい音がするのだ。

本当は団地内で野球をするのは禁止されているし、あまりにもうるさいと近所のおっさんからクレームが入るけど、そんなときには逆に親父がキレて「なんだ、この野郎！」と追い払っていた。

地獄の夜練が行われたピロティ。著者の打球の跡が未だ残っている

親父は普通のサラリーマンなんだけど、性格はイケイケだったみたいで、しょっちゅう酔っ払っては喧嘩して帰って来た。顔を腫らして帰って来ることも多かったが、それでも「練習は練習」と言って夜練を1日も休まなかった。自分でも4年生の頃まではプロ野球選手になろうと思っていたけど、5年生ぐらいから素行がめちゃくちゃ悪くなっていき、その気持ちは次第に薄れていってしまう。

よくグレたきっかけを聞かれるけど、それが自分には特になくて、保育園の頃からずっと喧嘩をし続けてきて、その延長という感覚でしかない。

そもそも自分には思春期や反抗期がなかった。学校でいつも暴れていたから、親がしょっちゅう呼び出しを食らい、その度に父親から怒られたが、それに反抗することはなかった。母親に向かって「ババア！」と言ったこともないし、本当に外で暴れているだけ。

兄貴は逆に外では暴れなかったけど、家庭内での暴れ方が凄まじかった。自分は親父が怖かったが、兄貴は親父に反抗的だった。

ある日、お互いの鬱憤（うっぷん）が溜まって限界がきたのだと思う。団地の廊下で大乱闘となり、近所の人から警察を呼ばれたことがある。親父は早くに結婚していて、自分が中学に入るときでもまだ30代半ばだったので若くて喧嘩も強かったが、兄貴も一歩も退かずに殴り合っていた。

何度か殴り合いの親子喧嘩をしていたが、いつも決着つかず。「あの親父に負けないんだから、兄貴は喧嘩が強いんだな」と思って見ていた。

自分は両親に対しての怒りや不満なんかはまったくなかった。中学に入ってからも両親との関係に変わりはなかったけど、家の外での暴れ方はさらにエスカレートしていく。

3日で中学を制圧

平成7（1995）年3月、所沢市立並木東小学校を卒業。自分は中学に1年しか行っていないので、これが自分にとって最終学歴のようなものだ。4月から所沢中央中学に入学するが、うちの中学は変わっていて、入学してすぐに2泊3日で林間学校に行かされる。行き先はオウム真理教のサティアンで有名になった山梨県の上九一色村。このときはちょうど地下鉄サリン事件が起きた直後だったので、ヤバいんじゃないかと話題になっていた。

林間学校の初日、宿泊先の大広間に男子生徒全員が集合させられた。所沢中央中学は所沢最大の中学校で、近隣の3校の小学校が集まり全部で9クラスもあった。

実はこのとき「中学に入学したら真面目にしよう」と真剣に考えていた。小学生の頃は暴れすぎて毎日のように学校や親などから叱られ、友達にも迷惑をかけてきたので、せめて中学からは普通の学校生活を送ろうと心に誓っていたのだ。

だから入学してから3日ほどは大人しく過ごしていた。

そこでこの林間学校だ。もちろん他の小学校から来た同級生とはまだ馴染んでいない。それまで大人しくしていたからだろう、広間に男子生徒が集められたときに、自分にちょっかいを出してくる奴がいた。最初はいなしていたけどあまりにもしつこいから、有無を言わさずそいつをみんなの前でぶっ飛ばすと、一瞬にして空気が変わったのがわかった。

「噂では聞いていたけど、やっぱりヤバい奴なんだ」

そういう雰囲気になり、一気に自分に対する態度がガラッと変わった。中学入学をきっかけに真面目にしようという誓いも、わずか3日しか持たなかった。でもどこかスッキリと心の中が晴れた感じがした。意図的に真面目にしようとしていたこと自体に無理があって、そのストレスから解放されたというのが本音だった。

この一件を機に新たな環境での自分の存在が確立した。それからは同級生から「久保君」って自分だけ君づけで呼ばれるようになって、みんなが自分に敬語を使うようになる。ただ一人を除いて。

ただ一人自分のことを「久保」と呼び捨てにしてきたクラスメイトのシュンスイとは一番の親友になった。学校のトイレで二人でタバコを吸って入学早々に問題を起こしてからというもの、何をするのもずっと一緒で、今でも自分の相棒として常に隣にいる存在だ。

保育園の頃に始めた野球は中学に入っても真面目に部活を続けていた。と言っても、自分は中学1年までしか学校に行ってないので、部活をしていたのも1年間だけ。中学の野球部では最初の1年間はグラウンドの外周を走らされるだけで、グローブも持たせてもらえない。ボールに触れるのも、せいぜい外野を走っているときに飛んできた球を投げ返すぐらい。

あるとき、まだ3年生が来る前にチャンスだと思って友達とキャッチボールをしていた。これだって本当は許されないことだ。それを見かけた顧問の先生が自分のところにやって来た。怒られるかと思っていたら、いきなり「お前、いい球投げるな。ピッチャーやらないか」と言われた。本来、1年生は試合なんか出られないのに特別に抜擢するからと。そのときはそんな熱量もないし、兄貴が3年生で野球部にいたから、小学4年生のときと同じことになってしまうと気まずいと思って、「自分はいいですよ」と断った。

中学に入学して1年間はちゃんと毎日、学校に通っていた。とは言え、学校に行っても喧嘩したり、タバコ吸ったりと問題ばかり起こしていた。だから小学生のときと同じように、毎日のように親が学校から呼び出しを食らっていた。

そんな日々が続いた中学1年の終わり頃、親父から「お前、もう学校に行かなくていいから少し休め」と言われた。親父からすると、「1週間や2週間、学校に行かなかったら、一人で家にいてもつまらないし、少しは真面目に学校に行くようになるだろう」と思ったのかもしれない。だけど自分はその言葉を間に受けてしまい、「よっしゃ！　これでもう学校に行かなくて済む」と喜んだ。

それまでも親父からは「家でならタバコを吸ってもいいから、外では吸うな」と言われていたから、家にいるのは苦じゃなく、むしろ好きにタバコが吸えるから嬉しかった。外で喫煙して補導される心配もない。昼間はずっと寝ていて、夕方になると学校帰りの友達がうちに遊びに来て、毎日楽しく過ごしていた。

そうこうしているとある日、突然、親父が自分の部屋にバーンと入って来て、「お前、いつまで学校休んでるんだ！」と怒鳴り始めた。自分からすると「はぁ？　テメェが行かなくていいって言ったんだろう」という気持ちだった。

ブチギレた親父は、ハンガーにかけてあった自分の制服を奪い取って引きちぎろうとした。ところが制服のブレザーが意外と丈夫だったから、台所にハサミを取りに行き、ハサミを使ってズタズタに切り裂いていた。もうこれで晴れて学校に行かなくてもよくなったわけだ。

それから何度か、サラリーマンだった親父から「一緒に仕事に行くぞ」と言われ、営業回りに付き合ったことがある。自分は何をするでもなく、ただ助手席に座って親父の話し相手をするだけ。親父からしても「外に出て問題を起こされるくらいなら、タバコを吸おうが何をしようが側にいて大人しくしてもらったほうがいい」と思ったんじゃないかな。

お袋もそれからは自分が学校に行かなくても何も言わなくなった。小学4年生ぐらいから毎日のように学校で問題を起こして、しょっちゅう呼び出されていたので、それから解放されたいという思いもあったのだろう。外で問題を起こされるぐらいならということで、自分の部屋は両親公認の溜まり場となった。

中学に入学すると新しい友達ができたし、行動範囲も広まった。ただし、それは揉め事が増えることも意味する。他校の連中から絡まれることもあれば、もちろん自分から攻めて行くこともあった。「〇〇中の△△が強い」という噂を聞くと、「じゃあ、今から行こうぜ」みたいな感じ。別に憎しみとかがあるわけじゃなくて、どちらかというと喧嘩はスポーツとかゲーム感覚に近くて純粋に楽しかった。

気がつくと中2のときには15校あった所沢市内の中学校はほとんどシメていた。それを目標にしていたわけじゃないし、不良で有名になりたいという気持ちなんて1ミりもなかったけど、気がついたら中2の時点で「喧嘩では所沢市内で一番強い」と言われ、誰も逆らう奴はいなくなっていた。自分は名前を売りたいとはまったく思っていなかったが、名前が勝手に先走っていった感じだ。

他校の奴らが「お前どこ中だよ？」って絡んできて、「中央中だよ」と返したら、「中央中に久保って奴いんだろ」と言われたことも結構ある。「俺が久保だけど」って言うと、大抵が「まさか！」っていう感じで顔色が一瞬で変わる。その時点で相手はビビっていて、喧嘩どころじゃなくなってるんだけど、そういうときはいつも以上にとことんやってやった。友達にいいところを見せようと思って粋がって口にしたものの、まさか本人だとは思わなかったのだろうけど、それも自業自得だ。謝ろうが何しようが許さない。

喧嘩した後に意気投合して仲良くなることもよくあった。次第に俺と同じように学校に行かない他校の奴らとつるむようになり、中学2年になってからは1回も学校に行っていない。この頃は1つ上の不良グループも自分のことを避けていた。ゲームセンターなど遊びに行く場所なんて大概決まっていたからよく鉢合わせていたけど、俺の姿を見つけると逃げてしまう。下手に関わってやられたりしたら、年上なのにメンツが立たないからじゃないかと思う。

今は仲良くしている先輩たちから「お前の小中学校時代は本当にヤバかった」って言われる。その年頃って上下関係が厳しいのに、自分はまったく気にしなかった。周りの言うことなんか聞かないし、先輩だろうが誰だろうがぶっ飛ばしちゃうタイプ。そんな異質な存在だった。

同級生や先輩だけでなく先生をぶっ飛ばしたこともある。中学2年のとき、俺と同じように学校に行っていない他校の連中と駅前でたむろしていたら、近所の人から通報されてお巡りがやって来た。学校にも連絡されて先生が二人来たんだけど、担任じゃなくて生活指導の先生。お巡りは先生に任せて帰って行ったが、「お前ら、こんなとこで何してんだ！」となって取っ組み合いから殴り合いに。先生二人ともぶっ飛ばしちゃったら、また同じお巡りが来て、今度はそのまま署に連れて行かれた。

自分としては向こうから手を出したからやり返しただけだが、被害届まで出されて刑事事件にまで発展するでかい騒ぎになってしまった。結局、先生が被害届を取り下げたからよかったけど、そんなこともあって学校にはまったく行っていない。だから修学旅行も卒業式も行ってないし、卒業証書ももらっていない。卒業アルバムは友達が届けてくれたが、一度見てそのまま捨ててしまった。

自分がつるんでいた他の中学の友達もまったく学校に行かなかったが、そいつらは修学旅行だけはちゃっかり行っていた。自分は「なんだよお前ら、裏切り者」なんて言っていたけど、本当のことを言うと学校にはなんの未練もなかった。

おやじとエアマックスを狩る日々

これまで書いてきたように、自分は中学2年になってからは一度も学校に行っていない。その間、自分はおやじ狩りとエアマックス狩りで小遣い稼ぎをしていた。

当時はまだ給料は手渡しが多かったから、25日の給料日を狙って夜の所沢航空記念公園で会社帰りのサラリーマンを待ち伏せるんだけど、ひ弱そうに見える会社員に反撃されて仲間が刺されたこともあった。当時はちょうどバタフライナイフが流行っていたけど、自分のポリシーは一貫してステゴロ。「普通のサラリーマンみたいな人でもナイフで刺してくるんだ。人は見た目で判断できないな」ということを学んだ。

他にも万引きなどの悪さをして稼いでいたし、中3のときには年齢を18歳と偽って左官職人もやっていた。その収入が全部自由に使えたわけだから、このときが人生で一番金を持っていたんじゃないかという感覚がある。中学生のくせにスーツだったり、18金のネックレスなんかのヒカリモノを自由に買っていた。

中2の頃から学校に行かず家にも帰らなくなっていたから、その頃の住処は近所のコンビニ。メンバーは5人で、自分以外のうち3人はそれぞれ別の中学でアタマを張っていたいつものツレだ。漫画本を立ち読みしたり、喉が渇いたら勝手にジュース飲んだり、腹減ったらパンやカップラーメンを食ったり、眠くなったら床で寝たりと好き放題やっていた。金なんかもちろん払わなかったけど、店員はビビって何も言えなかった。だからそのまま5人で住み着いてしまった。

ある日の朝方、コンビニでみんなが寝ていると、友達が「邪魔だ！」と客に蹴り起こされた。

「ガキがこんなとこでたむろってんじゃねぇよ」

「はぁ!?」

所沢航空記念公園にて

「邪魔で本も読めねぇし、コンビニに迷惑かけてんじゃねぇよ」

「やんのかコラ！　表出ろよ」

相手をコンビニから連れ出し歳を聞いてみたら19歳で、自分らよりも4つ5つ上の大人だった。結構な体格差があるけど、こっちは5人いるし平気だろうと思って「ここでやろうぜ」とコンビニ前の公園に連れて行った。でも、他の4人がすっと引いて、結局自分とそいつのタイマンみたいな雰囲気になっちゃって。俺も「え？」って思ったけど、もうやるしかない。

このときはかなり殴り合ったが、最終的には自分が勝ちを収めた。そのときの仲間のうち二人が「あの喧嘩を見て、こんなバケモンには敵わねぇと思ったのが、不良をやめて真面目になるきっかけだった」と後に語っていた。

コンビニでの生活は3ヶ月くらい続いたと思う。他にも建てたばかりのまっさらな一軒家を溜まり場にしていたこともある。新築で綺麗な家の窓が開いていたので侵入して、コンビニのときと同じメンバーで住み着いた。子供の頃の秘密基地の延長といった感覚だ。まだ電気もガスも通ってなかったので、明かりはロウソク。そこで何日か生活していたが、ある日、そろそろ風呂に入りたくなり一旦解散して2時間後にまた集合することとなった。

家で風呂に入ってからチャリで向かっている途中、先に一軒家へ着いた奴から携帯に着信があった。

「大変なことになってる！」

「どうした？」

「火事で全焼しちゃってる！」

驚いて急いで駆けつけると、消防車が7台くらい集まっての大騒動になっていた。ロウソクの消し忘れが原因じゃないかと思って俺たちは焦った。結局、この件で自分たちが追求されることはなかったが、翌日の新聞にも載る大きな事件だった。


この頃からほとんど家に帰らず、家族とのコミュニケーションがまったくない生活を続けていた。家に帰るのは着替えを取りに行く程度。そのときに何度か親父にぶん殴られたことがある。小学生のときは怒られる程度で済んだけど、中学に入ってからの悪さは半端じゃなかったから、流石に親父もキレたんじゃないかな。でも、初めて親父に殴られたときの理由がものすごくくだらない。

夜の11時頃に家に帰ったら、「お前、何時に帰って来てんだ！」といきなり殴られた。自分からしたら「今さら？」って感じ。家になんてずっと帰ってないし、これまでも散々悪さしてきているというのに。

この頃には悪事もエスカレートして、お巡りのやっかいになることが増えてきた。本屋とゲームセンターが一緒になった店がこのときの溜まり場で、本屋の奥にゲームコーナーがあった。自分たちは本には興味がないから、ゲームの方に毎日行っていた。しかも、店内で勝手にタバコを吸ったりと好き放題。店員がいくら「タバコは勘弁してください」と言っても、自分らは言うこと聞かないから半ば諦めていたようだが、ある日爆発して、「君たちがいると怖くてお客が入れないから、もう勘弁してくれ。もう来ないでくれ」と言われた。

「二度と来んな！」とか「お前らのせいでどうのこうの」とあまりにもうるさかったから、こっちもキレて店長をぶっ飛ばしてしまい、そのまま駆けつけたお巡りに連行。「来るな」も何も、店はその1週間後に潰れてしまった。

タイマン公園

中2の時点で、所沢と川越では自分が飛び抜けて喧嘩が強いことを誰もが認めていた。ある日、いつものように地元の駅前でたむろしてると、平日の昼間なのに見たことのない同学年ぐらいの金髪でどう見てもヤンキーだという奴がいたから、自分から話しかけた。

「君、どこ中?」

「飯能の原市場中」

飯能の奴が平日の昼間に航空公園駅に来るなんて珍しい。

「こんな昼間にこんなところで何してんの?」

「いや、ちょっと所沢警察に呼ばれちゃって。取り調べに行くんすよ」

話を聞いてみたら自分らより1つ学年が上だったが、俺らにはなんかペコペコしていた。それからも普通に話して「じゃあね」って別れたんだけど、その1週間か2週間後に、所沢駅前にあるプロペ通りというところでそいつとバッタリ遭遇。この前はあいつ一人でこっちが3人だったから敬語でペコペコしていたくせに、そのときは仲間がいたもんだから、気が大きくなっちゃってまるで別人だった。

「おう！　お前、この前の奴じゃん。タメ口とかきいて随分、生意気だったよな」

「は？　お前こそ、敬語でブルっちゃってたじゃん」

そいつは一緒にいたその中学のアタマのLという奴に「こいつらだよ。この前、俺に生意気な口きいて話しかけてきた奴」と言ってバトンを渡した。Lは中3のくせにタッパが190センチぐらいあるバカデカい奴。そのときの自分の身長が167センチだったので、見上げるほどの大きさだった。

Lは「年下のくせに生意気だな」とグイグイきて、しまいに「タイマン張ろうぜ」と言い出した。自分は別にやるつもりがなかったから、「いや、いいすよ」と断っていたけど、ずっとしつこく絡んでくる。「どうしたの？　ビビってんの？」なんて煽ってくるから、ムカついちゃって「やってやるよ」って。

プロペ通りから脇道に入ると、不良の間で有名な公園がある。地元の連中がみんなここで喧嘩するので、通称〝タイマン公園〟と呼ばれている。そこでLとタイマンを張ることになった。

Lはがっちりはしてないけど、背が高くて手足が長い自分の一番苦手なタイプだったから、「パンチ当たるかな?」と思った。自分にとっては、ひょろっとしたこういう相手がもっともやりづらい。膝蹴りが特に危険で、掴まれたら一巻の終わりだ。小学4年生のときに2つ上の兄貴の友達と喧嘩したときがそうだった。やはり掴まれて顔面に膝蹴りをバンバン食らってしまった。それからこの手のタイプには警戒が必要だと学習した。

Lは噂通り強かった。手足が長いから、距離が離れていると相手の間合いになってしまう。最初は結構パンチを食らってしまったが、なんとか接近戦に持ち込もうと相手の懐に入り込んだ。それからは揉みくちゃになってLを投げ飛ばすとマウントを取った。そしてチョーパン3連発。Lは気絶してこのタイマンは俺の勝利となった。

「二度と所沢に来ない」ということでLたちを勘弁してやった。自分が中2で相手が中3。飯能で一番強いと言われた相手に自分が勝ったという噂は一瞬で広まった。

ちなみにプロペ通りの入り口には銀のベンチがあって、通称〝銀ベン〟と呼ばれて親しまれている。週末になると近隣の不良が溜まるし、ナンパ待ちの女の子も集まって来る。だから揉め事も多かった。銀ベンに中坊とかが粋がって溜まっているのが先輩に見つかろうものなら大変だ。自分らが中学生の頃なんかは、ここに同級生から2つ上ぐらいまでの奴がいたら完全にターゲット。絡んでいってぶっ飛ばしては金を巻き上げていた。

タイマン公園はプロペ通りの奥のほうにある路地を右に入ってすぐの場所にあった。不良の溜まり場にもなっていたダイエーのほうに近いから、その辺りで揉めると「じゃあ、行くぞ」と。タイマン公園にはバスケットボールのゴールがポツンと1つあるだけで、広さはそれなりにデカいけど、誰か先客がいたら喧嘩が終わるまで待つという暗黙のルールがあった。週末には喧嘩待ちの行列ができるほどで、自分もここで数え切れないほどタイマンを張ってきた。

つい先日、この本の撮影で久しぶりにタイマン公園に行ってみたけど、再開発で公園は跡形もなくなっていた。寂しい限りだ。

あと所沢の喧嘩の名所といえば、ダイエーの屋上だ。最上階の7階にはゲームセンターがあって、地元のヤンキーが集まっていた。だから、そこで遊んでいるとだいたい誰かとぶつかることになる。そんなときはタイマン公園に行くまでもなく、この屋上がタイマンの舞台となる。最上階のゲーセンのフロアから階段を上がると、屋上はちょっとした遊園地のようになっていて、人もあまりいないから喧嘩するのに格好の場所だった。

中2のとき、ここで他の中学でアタマを張っているS先輩とタイマンをすることになった。S先輩は地元の1つ上の学年で一番強いと言われていた。実際、気合が入っていて、めちゃくちゃ強かった。

結果はお互い散々殴り合っても決着がつかず、その場に居合わせた兄貴の友達に止められて「引き分け」ということで終わり。S先輩とはそれから割と仲良くなって、その関係で後に自分は〝アウトローのカリスマ〟と呼ばれる地下格闘家と出会うことになるが、その話は後ほど。

ダイエーの屋上でもよく他の中学の奴らとやり合ったが、特に思い出すのは中学3年のときの狭山ヶ丘中学でアタマを張っていた奴とのタイマンだ。それまでこの中学の奴らとのいざこざはなかったが、このときは向こうから絡んできた。

「お前、どこ中？」

「中央中」

所沢駅西口前、プロペ通り入り口

待ち合わせのメッカ " 銀ベン "

タイマン公園跡を訪れ思いにふける著者

ダイエーの屋上でもタイマンが行われていた

「じゃあ、久保って奴がいるだろ」
「俺がその久保だよ」

前にも書いたけど、ここまではよくあるパターン。大概は俺の名前を聞くとブルって戦意喪失するが、このときは一瞬ひるんだもののまったく引かなかった。自分たちが3人で相手が5人だったこともあるかもしれない。また、そいつらのアタマが柔道の全国大会で上位になったという噂もあったから、腕っぷしには自信があったのだろう。でも、勝負は自分の圧勝だった。

カラーギャング時代

こうして他校の中学生と喧嘩し続けていると、自然と仲間も増えていった。だからといって仲間とチームを組むわけじゃなかった。自分は昔からあまり大勢でつるむのが好きじゃない。その理由には自分たちが暴走族世代じゃないということも関係あるのかもしれない。

ちょっと上の世代までは所沢にも〝國死會〟という暴走族があって、新所沢、東所沢、三ヶ島に支部があった。でも暴走族は自分の4つ上の世代まで。自分らの時代は暴走族というよりも、カラーギャングが主流だった。

自分も中3のときに誘われて、5つ上の先輩世代が作ったチームで安岡力也さんがケツ持ちをする〝ゲルド〟というギャングチームに参加していた時期がある。そのときに自分は初めて新宿に出た。所沢とは全然街の規模が違うから驚いたし、新宿の人の多さには衝撃を受けた。他のチームが100人単位でたむろっているのも不思議な感覚だった。

ゲルドに入ったはいいけど、大人数でつるむのがどうしても性に合わなかった。自分だけが中3で周りが5つも年上だから、話もまったく合わない。毎週末の金曜と土曜に新宿に集まっていたが、用もないのに新宿でたむろっているのが苦痛で、先輩に「帰ります」と断りを入れて先に帰っていた。すでにその時点で終電が終わっているから、いつも新宿から所沢までタクシーを乗り逃げ。自分としては地元の所沢にいるほうが楽しかった。

所属した期間は1ヶ月ぐらいだったと思う。揉め事でもあればまた違ったかもしれ

REP.TOKOROZAWA TYSON

ないが、ゲルドは全然喧嘩をしないし、むしろ弱い方だった。やったとしても、5つも6つも年上が相手じゃ敵わないだろうし、結局、群れるのが嫌いだからどちらにしても長続きしなかっただろうと思う。

大人になってからも稼業の人から、さんざん「ウチに来ないか」とスカウトされてきたけど、やっぱり群れるのが嫌いだし、自分は理不尽なことに耐えられない性格だからまったく興味がなく、すべて断ってきた。

ちなみに自分とダイエーでタイマンを張ったS先輩もゲルドにいて、彼は後にアタマを張ることになる。自分らがいたときは喧嘩をしなかったけど、S先輩がアタマを張ってからは、他のチームともよく揉めたようだ。S先輩は地元の1つ上の中ではただ一人イケイケな人で実際にめちゃめちゃ強かったから、宇田川警備隊の奴らと喧嘩したりして名を挙げたようだ。でも、負けた話もよく聞いたから、「東京の奴らってそんなに強いんだー」と思った覚えがある。

この頃は住処を転々としていて、新しい場所を発見しては、そこにみんなで溜まるのが楽しかった。自宅でじっとしているなんて考えられなかった。

中学3年のとき、いつもつるんでいる他校のツレが「学校の教室の鍵を開けておいたから、夜、侵入しようよ」と言うので、そいつの中学の教室で朝まで酒を飲んだりして大騒ぎしたことがある。明け方、みんなが登校する前にシレッと帰ったが、これが新聞だけじゃなくテレビでもニュースになった。

それからしばらくして、今度は先輩が溜まり場にしていた居酒屋の2階に住み着いた。いつもの5人を中心に、中学を卒業するくらいまでの間、みんなでガヤガヤと暮らしていた。

少し後の話になるが、16歳の頃には地元の駅前にあるマンションの一室を溜まり場にしていた時期もある。誰も住んでいなくて鍵が開いている部屋があるという情報が入ったので、いつもの仲間で住み着いた。

一軒家のときと同じように電気もガスも通っていないので、またロウソクで明かりを取る不便な生活だ。それでも、みんなで楽しく過ごしていた。寝泊まりして朝は各々仕事に行き、仕事が終わったらまたマンションに集合する。そんな生活を半年も続けていた。

しかし、住民の間で「空き家なのに騒々しい」と噂になっていたのだろう。ある日のこと、騒音が気になってベランダから自分たちの部屋を覗き込んだ隣の住人とバッチリ目が合ってしまった。それが原因で自分らが溜まり場にしていることがバレてしまい、このマンションでの生活も終わった。

所沢最強伝説への道

中3のときに働き始めた左官屋は1年ぐらい勤めてから辞めた。それからは他の建築関係の職人だったり、引越し屋だったりと仕事を転々としていた。

中学を卒業しても相変わらず喧嘩三昧で、勢力圏をさらに広げていくのだが、そんなときに生まれて初めての〝強敵〟に出くわす。16歳になったばかりの頃だ。

単車の免許を取るために栃木の足利へ免許合宿に行くと、そこには地元の不良たちが5、6人で来ていた。すれ違う度に睨み合ったりしていたら、あるとき食堂でそのグループのリーダーらしき男が「お前、いつも何見てんだ?」と絡んできた。

「いやいや、お前も見てんじゃん」

「お前なんか、館林に来たらぶっとばしちゃうよ」

そう言うとそいつらは去って行った。一瞬あっけに取られたけど、我慢できずに追いかけて「タイマン張れよ！」って言ったら、向こうも「上等だよ」って。そのリーダーはHといって館林の暴走族のアタマだった。

「こいつはマジで強いから、お前、やめといたほうがいいよ」

そいつのツレから口々に言われたが、相手が強いか弱いかなんて関係ない。合宿所を出て、目の前の駐車場の砂利の上でタイマンとなった。しかし、そいつはみんなが言うだけあって相当強かった。かなり殴り合っても決着がつかず、最後のほうは石で突き合った。お互いに顔が腫れ上がってしまい、息も荒いし全然決着がつかないから「もう良くね？」となった。

「こんな強い奴、初めてだ」

「俺も同じだよ」

タイマンが終わった後に一服しながらお互いを認め合っていると、すでに授業は始まっていて、自分らが教室に戻るなり、そいつだけ病院に連れて行かれた。鼻が折れて眼窩底骨折もしていたらしい。自分はそいつより顔が腫れ上がっていて、見た目でいうと自分のほうがダメージが酷かったのに、こっちは放置された。

この事件をきっかけにそいつらとめちゃくちゃ仲良くなって、翌日からいつも一緒にいた。その相手とはそれっきりだけど、名前は覚えている。きっと相手も覚えていると思う。合宿が終わるときなんか「えー、もう帰っちゃうの?」と名残惜しそうだった。でも電話番号は交換していないからそれっきり。

思い返してみると、これまで自分がタイマン張ってきた相手のなかで一番強かったんじゃないかと思う。今でもその衝撃が残っているほどだ。族のアタマ張ってるプライドというか、「絶対に負けられない」という気迫が伝わってきた。間違いなく同世代とのタイマンでは一番強かった。

今のHと会ってみたいと思っているけど、連絡先を知らないので風の便りを少し聞いた程度。最近よくSNSなんかで「今まで闘った人のなかで誰が一番強かったですか?」という質問が来るけど、自分はこの館林のHが一番印象に残っている。

合宿で単車の免許を取った自分は一挙に行動範囲が広がり、狭山や入間も16歳で制覇していく。当時は八王子ナンバーなどよそ者の族車を見かけたら、とっ捕まえてぶっ飛ばしていた。地元を守っていたと言うと大袈裟かもしれないが、よそ者が所沢に入って来たら絶対に許さなかった。

一言で所沢と言っても、新所沢や東所沢などもあって範囲は広い。中でも東所沢は結構荒れている地域で、自分らからするとちょっと異質な感じだった。東所沢の奴らは閉鎖的だから、あまり関わることがなかったが、あるとき自分たちのテリトリーに入り込んで来た。

「この辺りでは久保ってのが有名なんだろ?」

「俺がその久保だよ」

たまたま絡んだのが自分だったから、そいつも運が悪かった。テメェから絡んで来ておきながら、こっちの正体がわかると態度が変わる人間が一番嫌いだから、そのときも容赦せずにぶっ飛ばした。

「今からお前らのアタマを呼べよ」

そう言って自分たちから単車で東所沢に乗り込むと、そいつらのアタマを含め5人が待ち構えていた。そいつらは同い年のはずなのに大人びて見え垢抜けていた。

自分の名前を聞いた途端、ブルって二人が走って逃げたから、残りの3人を捕まえてボコボコにすると、３ケツして真ん中に敵を挟んで単車でさらった。アタマをさらっているのに迎えに来る奴がいなかったから、そのまま丸々2日間、思いっきりヤキを入れた。泣こうが喚こうが許さないで徹底的に。

「いつか絶対に久保さんにやられると思いながら、ビクビクして過ごしてました」

そのアタマのTという奴が最後に自分に言った一言だ。後日談だが、それからだいぶ経って免停の講習に行ったときにTとバッタリ会った。

「おい！　Tじゃねぇか？」

「おお！　久保！」

月日が経ってお互いに大人になっていたからって勘違いしてもらったら困る。「お前、誰に口きいてんだこの野郎！」と言ってその場でぶっ飛ばしてやった。

次は大物食いをした下剋上の話。これも自分が16歳のときだけど、コンビニ裏の公園で夜中に溜まって万引きしたパンとかカップラーメンを食って騒いでいたら、そこにぞろぞろと4、5人が来ていきなり絡まれた。

「俺、Sだよ」

相手は4つ上の先輩で、所沢東高校のアタマを張っている強くて有名な人だった。そのときは「やべぇ、えれぇ大物が来ちゃったよ」と若干ビビった。「すみません。静かにするんで」と謝っても、やたらしつこく絡んできて一向に終わらない。こっちは大人しくしているのに、一方的に理不尽なことを強要し始めた。

「誰か俺とタイマン張れよ」

Sがそう言った瞬間、一緒にいた友達全員が一斉に俺のほうを向いた。

「ぜんぜんやってやるよ！　上等だよ！」

本心では「待ってくれよ。俺もこれは勝てねぇよ」とも思ったけど、その頃から自分は相手が先輩だろうと関係なかったから、そのまま大勢の人がいる前でタイマン。さすがに自分からは手を出せないと思っていると、向こうから殴りかかってきて、その最初の一発で鼻が折れて鼻血がドバドバと出た。体格差もあるのでかなりてこずった。Sは噂通りに強かったが、最後は自分の完勝。自分は中3までどちらかというと細マッチョだったけど、この頃ぐらいから急に体がゴツくなっていたから、パワー負けしなかった。

このタイマンに勝ったことで、地元のパワーバランスが崩れた。地元ではその人が

REP.TOKOROZAWA TYSON

トップだったのに4つ下の自分が勝っちゃったものだから、この一件から「久保はヤバい奴だ」となって、先輩たちの自分を見る目が変わった。

翌日にまた同じメンツで同じ公園でかち合ったが、向こうはバツが悪そうに完全スルー。前の日のことをなかったことにしたかったんじゃないかと思う。

この少し後、自分が17歳くらいのときのことだ。前に書いた小学5年の頃に3対3で喧嘩したときの相手方の〝大将〟だった奴とまたタイマン勝負をすることになった。そいつは中学のときに立川に引っ越していて、立川で暴走族のアタマになっていた。そいつから知人を通して「リベンジしたい」という連絡がきたのだ。力もついて今なら勝てるとでも思ったのだろう。

その知人はずっとそいつに「やめたほうがいい」と仲裁に入っていたけど、そいつは「どうしてもやる」と言って聞かなかったらしい。でも、まったく相手にならなかった。勝負は瞬殺で、最後は「もう二度と絡まない」と土下座。「よくこれで絡んできたな」と思うほどだった。立場が偉くなったから、自分自身も強くなったと勘違いしたんだろう。

タイマン場所になった航空記念公園には、昔の同級生やそいつの暴走族のメンバーなんかのギャラリーが大勢集まっていたから、相当屈辱でショックだったと思う。そいつとはそれっきり。噂では今でも現役でヤクザをやっているようだ。

この頃は所沢と川越だけじゃなく、狭山とか入間とかも制圧して自分の名前は売れていた。２つ上の兄貴も名の知れた不良だったから、〝所沢の久保兄弟〟で通っていたけど、この頃から自分が〝卓也の弟〟として見られるのではなく、兄貴が〝広海の兄貴〟になった。悪いことはなんでもやったし、めちゃめちゃ人も殴った。そんな生活を続けていたら、いよいよ本格的に警察の世話になるようになる。自分が初めて逮捕されたのは17歳のときだ。

その頃は自分だけじゃなく、周りの不良はみんな免許なんてなくても単車に乗っていた。暴走族はもうなかったけど、粋がってバイクを乗り回していた。あるときに隣の中学の奴らが自分の住んでいる団地内にバイクで入って来て、アクセルをブンブン噴かしていたから、とっ捕まえてぶっ飛ばした。そしたらそいつがまさかのお巡りにチンコロ、20日間勾留された。

それまで散々悪いことをしてきたのに、「捕まるときってこんなつまんないことで捕まるんだ」とビックリした。本当に一発、二発小突いただけで、相手は怪我もしていない。デカい事件を起こして捕まるならわかるけど、自分からするとこれまで数え切れないほどぶっ飛ばしてきた中の一人に過ぎない。何かあっけないなという感じがした。

留置所に入ると、4人部屋には先客が3人いた。そいつらだけで賑やかにやっていたが、やがてその中の一人が話しかけてきた。

「君、何やって入って来たの？」

「傷害だよ」

お互いの歳もわからないし、自分も普通に対応していたけど、その3人がやたらタメ口で態度がでかい。ちょっとしたら「久保、面会だぞ」とお巡りが来た。自分が面会から帰って来たら、全員が正座していて急に「すいません」と謝ってきた。この頃は一人歩きした名前が勝手に浸透していて、自分の顔は知らなくても名前はみんなが知っていた。

「あの久保さんですか？」

一番生意気な口をきいていたリーダー格の奴がそう言った瞬間、そいつを一発ぶん殴った。すると、さっきまでワイワイやっていたくせに、ガチガチに固まって誰もしゃべらなくなった。自分が本を読んでいても、そいつらはずっと無言で正座。「本ぐらい読めばいいのに」と思って自分が話しかけるまでずっと無言だった。それから普通に話すようになると、リーダー格の奴が自分の1つ下の16歳で、あとの二人は15歳だということがわかった。

年下に手を出さない主義と書いたけど、このときは殴った時点で相手の歳がわからなかったのだからしょうがない。一度だけ年下をボコボコに殴ったことがあるけど、それはそいつが俺の原付をパクろうとしている現場を押さえたからで、そのときも歳は後で知った。

警察にチンコロした隣町の奴は、自分が出所して仕返しされることを恐れて「久保を絶対に外に出さないでほしい。少年院に入れてくれ」とお巡りに頼みこんでいたらしいが、未成年だし起訴されずに20日間の拘留で終わった。

釈放されたら、そいつはもう地元からバックレて消えていた。それ以来、二度と会っていない。殺されるとでも思ったんだろう。まあ、こっちも外に出たら見つけだして殺してやろうという気持ちだったけど。

REP. TOKOROZAWA

TYSON

REP.
TOKOROZAWA
TYSON

第2章　不幸の連鎖

荒れゆく生活

自分が18歳になったばかりのこと。半年ぶりに帰宅すると母親から突然、「明日、離婚するから」と告げられた。しかも、翌日には家を出ることが決まっていて、母親と兄は狭山に引っ越し、父は実家の鹿児島に帰ると言う。お袋に「俺も一緒に行かせてくれよ」と何度も頼み込んだ。

「お前は一人でここに残るしかない」

引越し先は狭いから、自分の居場所はないと言うのだ。昔は兄貴のほうが家で暴れていたけど、この頃は不良をやめて真面目に頑張り両親とも仲良くしていたから、当然だろうという思いはあった。それにしてもあまりに急な話で驚いたけど、「まあ、なんとかなるか」と楽観的に構えていた。

翌日、本当に家族全員がいなくなり、生まれてからずっと過ごしてきた実家で一人暮らしをすることになった。家に残ったのはテレビや冷蔵庫など、必要最低限の家電と猫だけ。

家族の荷物や家具なんかがなくなりガランとした部屋で一人になると、急に実感が湧いてきて焦り始めた。その当時はまともに働いていなかったから、「どうやって家賃なんかを払っていったらいいんだろう」と途方に暮れた。当面は恐喝などの悪さをして生活費を稼いで、猫の世話をして暮らしていたが、そんなことが長く続くわけもなく、自立する決意をした。

まずは仕事探し。家族が出て行って2ヶ月後くらいに解体屋の仕事が見つかるも、仕事に就いたからといってすぐにお金をもらえるわけじゃないので、最初の給料日まで電気やガスが何度も止まった。

18歳で実家の団地で一人暮らしを始めることになったすぐ後のこと。自分は自動車教習所に通い始めた。ただそれまでも、当然免許なんて持っていないのに、車を買って普通に運転していた。そして、最悪のタイミングで事故を起こしてしまう。

それは卒業検定の前日のこと。運転中に雪でタイヤを滑らせ、一軒家に突っ込んでしまったのだ。無免許だし事件にもなって免許はパー。結局、それから正式に免許を取るまで無免許運転を続けていた。

この頃の事件がネット上で都市伝説となっているが、やはり余計な尾ひれがついているようなので、そのときの話を正確に書きたい。

ある日のこと、自分の友達が絡まれてぶっ飛ばされた。その場所は地元の所沢ではなく、たしか川越の商店街クレアモールだったと思う。相手は上福岡の〝毘沙門天〟という暴走族の1つ上の奴だった。そいつらが土曜日に上福岡の駅前にいるという情報が入ったので、報復しにその友達を乗せて車を出した。

上福岡駅に着くと、いきなりそいつらがいた。友達に「どいつ?」と聞いてターゲットを定めると、アクセル全開で突っ込んだ。そいつだけを狙ったのだが、そいつらの仲間も一人一緒に轢いてしまった。その瞬間、奴の仲間が全員、蜘蛛の子を散らすように逃げて行く。自分は車から降りてバッコバコに殴り、その場に留まるのはヤバいからすぐに立ち去った。

ネット上の噂では逃げた奴の一人がダンプカーに轢かれて死んだとされているようだが、そんな話は誰も聞いたことがない。ここで完全に否定しておきたい。ちなみにこのときにボコった相手は、今はラッパーとして成功しているようだ。

自分がこれまで喧嘩してきた相手で、特に印象に残っている奴が4人ほどいる。一人は中2のときにダイエーでタイマンした1つ上のS先輩、一人は前に書いた単車の合宿免許で会った館林のH、もう一人は後に登場する総合格闘技のチャンピオン、この3人は相当強かった。そして強いというよりも印象に残っているのが19歳のときに戦ったKという同い年の奴だ。

Kは中学時代に狭山で一番強いと言われていたので、当時から名前は知っていた。ファーストコンタクトは16歳の頃。地元の駅でたまたま絡んだのだが、それから一時は仲良くしていた。

Kと再開したのは19歳のときで、場所は新所沢と小手指の間にあった〝祭一丁〟というカラオケ居酒屋。自分が18歳のときにこの店ができて、それ以来、週3回ぐらいのペースで遊びに行っていた。そこは個室の居酒屋なんだけど、部屋でカラオケもできることが人気となって、狭山や入間、川越、飯能なんかの悪い奴らがみんな集まって来ていた。当時、入間の暴走族〝情可悪達(ジョーカーズ)〟で一番喧嘩が強いと有名だったKとこの店内で戦うことになるが、そのときはお互いに誰だか気づかなかった。

自分らが先に入店してまだ受付している最中に、Kのグループが入って来た。その時点でお互いガンくれ合った。当時はすでに自分の名前が通っていたので、同世代で自分に喧嘩を売る奴なんていなかった。そんなときに珍しく自分にガンくれる奴がいたから、仲間たちと「なんだよ、さっきのあいつ」と話をしていた。個室に入ってからはそんなことも忘れて飲んだり歌ったりして楽しんでいたが、用を足そうとトイレに行くとそいつとバッタリ鉢合わせた。

「なんだよ、さっきはジロジロ見やがって」

そう言って、相手から絡んできた。瞬間、ぶちギレた自分はチョーパンをかますと、そのままトイレの前で一方的にボコボコに殴った。すぐにお互いの仲間が集まって大騒ぎに。結果、自分の圧勝で終わったが、やはりKは噂通りに気合が入った奴だなと思った。

このときはお互いに誰だか気づかないまま帰ったが、後日、友人から「あれKだよ」と知らされた。それを聞いて電話で謝り和解した。彼とはその後も付き合いが続いていて、今も現役で不良をやっているという。

所沢最強と狭山最強の男の一騎打ちの噂はあっという間に広まった。祭一丁がいろんな地域の不良たちが集まる人気店だったこともあって、このときもかなりのギャラリーがいた。あとビッグネーム同士というのはあんまり直接喧嘩にならないから、このタイマンの話題性は半端じゃなかったようだ。

このときのタイマンは後日、多くの先輩たちを巻き込む騒動となる。自分とKとの決着は速攻ついたけど、狭山や入間のKの先輩たちが「納得いかねぇ」となって、それに所沢の先輩たちも反応して、地域ぐるみの抗争に発展してしまう。

大人数でやり合っても仕方ないから、最終的に所沢と入間の先輩同士がタイマンを張ることになった。所沢代表が自分の2つ上の先輩だったけど、その学年で一番強かったので、その人なら負けないだろうなと思っていた。案の定、自分の先輩の勝ち。それ以来、狭山、入間の軍団は祭一丁に来られなくなった。

祭一丁にはいろんな地域の不良がやって来ていたし、酒癖の悪い奴らが絡んでくるから、この店では数え切れないくらい喧嘩をしてきた。それと同時に店にはすごく迷惑をかけた。自分が頻繁に行って暴れまくったせいで、壁にボコボコ穴が開いたり、窓ガラスが割れたりして、店長から「勘弁してくださいよ、久保さん。スパンが早過ぎますよ。せめて週1にしてください」と言われていた。当時の自分は朝まで寝ないで遊んで仕事に行っていたけど、それでも体力を持て余していたから、2日に1回くらいのペースで祭一丁に通っていた。

そのうち店員から「うわ、また来たよ」と言われるようになったが、そう思われても仕方ない。自分だけじゃなく友達が揉めても一緒にやり合っていたから、この店では頻繁に喧嘩していた。わざわざ遠いところからも不良が集まる人気店だったから、自分の名前が所沢から他の地域にどんどんと広がっていった。

いくら喧嘩が強くて名前が売れていっても、揉め事ばかりでいい事なんかなかったけど、唯一挙げるとしたら女の子にモテること。祭一丁でもいい思いを結構したし、キャバクラなんかに行っても名前を言えば「あの久保さんですか？」と言われる。その面では恵まれたと思う。

みんなが大好きな店だったけど、自分が出禁になってから1ヶ月後にこの店は潰れてしまった。

激変する家族のカタチ

自分が19歳になった頃は、兄貴とものすごく仲が良くなっていた。兄貴も中学のときは地元で知られた不良で、自分が中学の頃まではいつも兄弟喧嘩をしていた。だけどこの頃の兄貴は不良をやめて真面目にバンド活動をやっていて、よく自分とも話すようになっていた。

この頃、兄貴から「対バンのギターの奴がムカつくけど、バンド間に繋がりがあって自分ではできないから、お前が代わりにやってくれない?」なんて話を何度か持ちかけられたことがある。当時は俺のもっともイケイケな時期で、人をぶっ飛ばしたくて年中うずうずしていたから、喜んで引き受けていた。

そういったときは、まず標的にしているバンドマンに兄貴が電話して、「遊ぼうぜ」と近所のコンビニに呼び出す。兄貴は店から離れた場所に車を停めて見ていて、そいつがきたら自分の出番だ。あとは因縁をふっかけてぶっ飛ばすだけだ。

相変わらずこんな荒れた生活を送りながらも、自分は大きな転期を迎える。二十歳で結婚することになったのだ。相手は同じ中学の後輩で3つ下。もともとは友達の妹だから前から知っていたんだけど、19歳の終わりぐらいから付き合い始めるようになってすぐに同棲、そして妊娠。きちんと籍を入れ、自分が生まれ育った団地で、新しい家族3人での生活が始まった。

でも、そんな幸せもわずか3ヶ月とクソ短かった。傷害と恐喝の容疑で二十歳にして初めてパクられてしまい、懲役1年で川越少年刑務所に入れられた。面会のときにアクリル越しに「別れてくれ」と言われ、そのまま離婚。だから結婚生活はほとんどしていない。

このときに自分が逮捕されることとなった一件は、後輩を殴らないという自分の信念を破った唯一の例外でもある。そしてその代償はとてつもなく大きかった。自分の人生が大きく変わる運命の日は突然やってきた。

ある日のこと、地元でかなりヤバいと恐れられている9つ上の先輩から電話がかかってきた。それだけでも十分不穏な事態なのに、その先輩がいきなり怒り気味で話し始めた。

「お前、後輩からカンパしたの？」

最初はなんの話かさっぱりわからなかったけど、よく話を聞いてみると、どうも2つ下の後輩がその先輩に「久保先輩からカンパを強要されて50万円取られた」と言って泣きついたようだ。

「お前からカンパが回ってきたって。みんなで50万集めたって言ってるぞ」

「いやいや、そんなことしてませんよ。どういうことですか?」

自分には身に覚えのないことだし、まったく話が見えない。そのまま先輩と話し合っていても埒が明かないので、その後輩も呼んでみんなで話し合うことにした。

自分の兄貴も交えてカラオケ屋の駐車場に集まることになったのだが、そこにはなぜか9つ上の先輩だけでなく、関係のない4つ上の先輩も来ていた。その場所に着いた瞬間、9つ上の先輩が自分に突っかかってきた。

「お前この野郎!　こんなガキ相手にカンパしやがって」

「ちょっと待ってください。そいつと話させてください」

自分はそう言うと、その後輩を問い詰めた。

「俺がいつカンパさせたの?」

「○月○日です」

「いや、俺してないんだけど。どういうこと?」

だいたいそいつの電話番号なんか知らないし、少年野球で一緒だったから顔は知っている程度で、それ以外ではほとんど接点がなかった。

「お前と喋ったことないじゃん」

「でも、電話越しだったけど久保さんの声でした」

その後輩も一歩も引かない。どうやら本気で俺から電話があったと思い込んでいるようだ。後輩からしたら、9つ上の先輩に頼るぐらいじゃないと、自分との揉め事は解決できないとでも思ったのだろう。後輩がずっと頑なに言い張っていると、先輩たちも「なんだ？　どういう話だ？」と疑問に思い始めたみたいだ。

「わかった。最悪、俺がお前から50万集めたってことだとしても、その金は誰に渡したんだ？」

「コクボ先輩に渡しました」

このコクボっていうのは自分の2つ上の先輩で、中途半端な野郎だった。自分の名前を使えば金を巻き上げられると思ったコクボが、悪知恵を働かせたというのが話のオチだった。

「は？　俺に渡してないなら、俺がカンパしたことにならないじゃん！」

今度は「コクボを呼び出そう」ということになったけど、コクボは常に誰かの恨みを買っていて、しょっちゅう電話番号を変えていたから、このときも連絡が取れなかった。家に乗り込もうにも、コクボの自宅を知ってる人が誰もいない。先輩たちは振り上げた拳の行き場に困ってしまい、怒りの矛先は後輩に向かった。

「こんなデカい話に巻き込みやがって！」

そう言うと、メンツを失った先輩たちは、後輩をボッコボコにし始めた。

自分からすると、無実の罪を着せられ、先輩からいきなり訳もわからず思いっきり詰められたのだから、正直言って納得いかない気持ちはあったけど、その分も先輩たちがヤキを入れてるし、「もういいか」と思ってその状況を眺めていた。

一切手を出さないで傍観する自分に向かって9つ上の先輩が放った一言が、自分の人生を大きく狂わす引き金になるとは思いもしなかった。

「おい久保！　お前のことでこんなんなってるんだぞ。ムカつかねぇのか？　お前もやれよ！」

そう言われて自分は1発だけ殴った。先輩たちにボコボコにされた後、最後に1発だけ。そうしないと先輩たちのメンツが立たないから。これが唯一、自分が後輩を殴った事件の真相だ。

ひどい話はその後だ。その後輩はかなりの大物まで担ぎ出して騒ぎを起こした張本人のくせに、自ら警察に被害届を出した。そして、9つ上の先輩と4つ上の先輩と自分の3人が逮捕。

先輩たちの立場を考えて、そうしないと収まらないと思って、最小限の1発で済ませたのに。悪運が尽きるというのは、こういうことなのかと思った。さらに運の悪いことに、先輩たちはこの件だけだから罰金で済んだんだけど、自分は別件が重なって傷害に加え恐喝でも起訴されたものだから、自分だけが1年の実刑。川越少年刑務所行き。

この件に関してはある意味、自分も被害者だ。勝手に名前を利用されて、勝手に疑われて詰められて、殴る気なんてないのに促されて、しかもたった1発で自分だけ懲役。巻き込まれた事故じゃないけど、先輩たちから「お前もやれ」と言われなかったら、1件分になって起訴されなかったかもしれない。そう思うとやりきれなかった。そもそもコクボが一番悪いのに。

後日、真実がわかったら先輩も謝ってくれた。後輩は後輩で言っていることがチグハグだったけど、金を騙し取られた被害者でもある。悪いのはすべてコクボ。でも、コクボはすぐに飛んじゃった。未だに捕まらない。

自分たちをチンコロした後輩は、俺の出所を恐れて検事と警察に「絶対に外に出さないでくれ」と頼んでいたらしい。この検事も嫌な奴で、「こんな危険な奴は許さない。みんなが出てくるのを恐れているから、簡単には出所させない」と言っていた。あまりにもムカついたから、約1年の刑期を務めて外に出てから後輩を探したけど、結局、そいつも飛んでしまっていた。

ちなみに自分は出所後も子供に会わせてもらっていたけど、息子が5歳のときに急に元嫁と連絡がつかなくなった。家に行ってみたけど、すでにもぬけの殻。元嫁の携帯番号も変わっていたから、それ以上探しようがなかった。だけど、それから5年後に偶然、所沢の駅で元嫁とバッタリ会って子供とも再会することができた。高校生になる息子とは今でもたまに会っている。

兄貴と過ごす最期の時間

自分が獄中で離婚すると、今度は母が再婚することになった。そうなると一緒に住んでいた兄貴は家を出なくてはならない。

「ヒロの家に住んでいい？」

兄貴がそう言ってきた。兄貴からしたらもともとの実家だ。もちろんＯＫしたけど、まさか彼女まで連れて来るとは思わなかった。

兄貴の彼女はサクラさんといって、自宅は東京の小岩のほうなんだけど、わざわざうちの団地の近くにマンションを借りて住んでいた。二人でそっちに住めばいいのに、兄貴と一緒に自分の家に転がり込んできたのだ。僅かな間だけど、嫁と息子と３人で過ごした家で、今度は兄貴と兄貴の彼女との３人生活が始まった。

自分からすれば、家族がみんな出て行ってからも、家賃や光熱費を自分で払っている家だし、兄貴を居候させてやっているという感覚だったのに、とにかく毎日のようにサクラさんと一緒にわいわい騒ぐし、音楽も大音量でかけるからうるさくてしょうがない。ちょこちょこ「うるさいよ」と注意していたが、そんなことが続いたある日、怒りが爆発してしまった。

「お前、いい加減にしろよ！　出て行け！」

ほんの数年前までは、兄貴にこんなことを言ったらすぐに喧嘩になって、ぶっ飛ばされてるはずなのに、そのとき兄貴はずっと黙り込んでいた。俺もキレていたから、さらに「お前やんのか？」と突っかかった。

こっちはすぐにでも殴りかかってくるかと思ってドキドキしていたけど、それでも兄貴が何も言わないから、「あれ？」と思った。兄貴とは幼い頃から兄弟喧嘩が激しかった。年齢差が2つあって体格差もあるので、中学生ぐらいまでは兄貴からよくぶっ飛ばされていた。

中3のときには、兄貴と喧嘩になって自分が包丁を持ち出すと、それを奪い取られて背中を刺されたこともある。「殺される！」と思った自分は、裸足のまま何も持たずに家を飛び出すと、団地の真ん前のバス停にたまたまバスが停まっていたから、そのまま乗り込んだ。駅に着いたはいいが、お金は一銭も持っていない。だけど、血だらけだし裸足だしという状況を見て、運転手さんが「お金はいいよ」と言ってくれた。その当時以来の兄弟喧嘩だけど、すでに力関係は逆転していた。

「お前なんか、今やったら俺に勝てねぇよ」

俺がそう言うと、兄貴は何も言わずに立ち上がり、家を飛び出してしまった。兄貴もこの頃には自分に勝てないと悟っていたのだろう。だから、何を言っても黙っていたのだと思う。

この出来事を境に、いい意味で自分と兄貴の関係が変わった。それからは一切喧嘩をしなくなって、まるで親友みたいに仲良くなった。なんでも話し合える関係になって、それこそ恋愛話なんかもするようになっていった。

それまでは自分は自分の友達と、兄貴は兄貴の友達と遊んでいたのに、それからは何をするにも一緒。兄貴がサクラさんと遊ぶときには「お前も来いよ」と言うし、俺が友達と遊ぶときでも「俺も行っていい?」と言って、どこに行くのも二人セット。ずっと一緒にいた。

中学の頃から自分ら兄弟を見てきた友達からすると、「あんなに兄弟喧嘩が激しかったのに、なんでこんなに仲いいの?」と思ったそうだ。

そんな3人での楽しい生活も2年ほどで終わりを告げる。そのきっかけとなったのはクスリだ。ある日、サクラさんがシャブを持ってきた。何をやるにでも3人一緒だったから、「ちょっと1回、やってみない?」と言われて、兄貴と一緒に軽い気持ちで手を出した。

そのときは〝手を出したが最後〟だとは思いもしなかった。

自分が21歳のときに兄貴が自殺した。シャブでイカれてしまっていた。自分も最初のうちは兄貴と一緒に、シャブとかMDMAなんかをやっていた。それで結構ハマってしまったけど、あるとき「俺、子供もいるのに、このままじゃヤバいな」と思ってなんとか断ち切った。

でも兄貴はずっとクスリにハマっていって、あるときから「寝れねぇ寝れねぇ」と言い出して、睡眠薬を飲むようになった。その当時の兄貴は仕事をしていないのだから、そんなに疲れるわけじゃないし、眠くならないのは仕方ない。それなのに「寝れねぇ」って騒ぎ出して、どんどん睡眠薬の量が多くなっていった。最後のほうはクスリでイカれちゃって、まともに会話ができなくなっていた。

そして別れは突然訪れた。

ある日、家に帰るとサクラさんはいるけど、兄貴が見当たらない。

「卓也（兄貴）がいないけど、どこ行ったか知ってる？」

「たぶん駐車場の車の中にいると思う」

そのときすでに夜中の3時だった。

REP. TOKOROZAWA TYSON

「なんでこんな時間に?」

「ちょっとケンカして」

心配になって駐車場に行ってみたら、車のエンジンがかかったままで音楽が漏れていた。でも、鍵はかかっているし、窓にスモークを貼っているから中が見えない。スペアキーを取りに行ってドアを開けてみると、兄貴はハイエースの後ろの席で脇のスペースに顔を突っ込むようにして倒れていた。口から泡を吹いていて吐いた形跡もあるので、焦って救急車を呼んだ。

ケツを叩いて「大丈夫?」と言ってもなんの反応もない。しょうがなく担ぎ上げたら、体がガチガチに固まっていた。すでに死後硬直が始まっていたのだ。駆けつけた救急隊員は「ああ、もうダメです。亡くなっています」と言った。検死の結果、死因は呼吸困難で12時間前には亡くなっていたという。

警察は死因を自殺だとしたが、自分はそうは思っていない。バンドも一生懸命にやっていたし、兄貴には自殺をする理由がない。喉に何かを詰まらせていたというのは後々聞いた。睡眠薬のオーバードーズで吐いてしまい、それを変な体勢で喉に詰まらせたのが原因だと思う。

実は兄貴はそれまでも3回ほど、オーバードーズで泡を吹いて倒れていたので、その度に救急車を呼んでいた。このままじゃちょっとヤバいと思い、そのことをお袋と親父には連絡していた。3回目に運ばれたときに親父が「卓也が心配だから」と言って鹿児島から出て来て、近所の知り合いの家に泊まっていた。

兄貴が死んだのは、そのわずか3日後のことだった。喪主は親父が務めた。焼き場には親戚や友人、先輩、後輩など800人ぐらいの参列者が集まった。兄貴のバンドがインディーズでそれなりに有名になっていたから、そのファンの人たちが大勢やって来たのだ。

みんな俺のことを心配していたようで、先輩たちから「広海、大丈夫か?」と言われたけど、それに対して「ありがとうございます」と返すのが精一杯だった。葬儀の後に「気丈に振る舞っていて、たいしたもんだった」と言われたが、俺の中ではそんなつもりはなく、もちろんショックだし悲しいんだけど、それだけじゃない様々な思いが溢れてきて複雑な感情だった。

自分は普段は喧嘩が強くて気合もビシッと入っていたのに、参列してくれた後輩とかからも同情というか可哀想に思われているんじゃないかと感じて、それに耐えられなくて逃げ出したい気持ちだった。説明が難しいけど、いつも会っているときと違う自分を見せているのが恥ずかしいという感じ。それまで誰にも弱い部分を見せたことがなかったし、そのときも弱いところを見せているつもりはないけど、周りがそういうふうに見るから。

兄貴が死んでから4日間くらいまったく寝てなかった。疲れもピークで、火葬場で骨を焼いているときにみんなで酒を飲んで待っていたら、寝てないしまともに食べてないから、すぐに酒が回ってしまった。するとなぜか冷静にその場を見られるようになっていた。全体を俯瞰して見ているような不思議な感覚で、すべてが他人事のように感じた。みんなが泣きながら兄貴の骨を拾っていて、親父も泣いていた。自分は親父が泣いているのをこのときに初めて見た。

不幸の連鎖

小さい頃はすごく仲が悪かったのに、最後はいつも一緒だった兄貴。頼れる兄弟だったし、なんでも話し合える親友でもあった兄貴が死んでしまった。

大きなものが欠けてしまった感覚で、たとえようのないショックな出来事だった。10円ハゲがいっぱいできて、葬儀が終わった後も先輩や友達から「大丈夫か？」と心配されたほどだ。

みんなが気をきかせてくれて、毎日、誰かしらが酒持参で来てくれたから、一人になる時間はなかった。ありがたかったけど、静かに気持ちを整えたかったというのが本音だった。ひっきりなしに人が来たことで疲れてしまい、ストレスで全身にブツブツまでできてしまった。

葬式が済んでやっと落ち着いたと思ったら、今度は彼女のサクラさんが、兄貴の死を受け止められずに後追い自殺をした。兄貴が亡くなってから10日ほど後の話だ。彼女は自分で借りていた近所のマンションで睡眠薬を多量に飲んで死んでいた。

なんの因果か、そのときも自分が第一発見者だった。現場に訪れたのが兄貴の現場検証にも来たお巡りで、10代の頃からお世話になっている刑事だった。

「またお前か？」

自分の顔を見るなり、お巡りはそう言った。「なんでそんな立て続けに？」と疑われ、兄貴のときにはされなかったのに、サクラさんが死んだときはしつこく取り調べを受けた。

サクラさんからしても兄貴が亡くなったショックは計り知れなかっただろう。それなのに葬式で集まった親族や友達たちが口々に「なんでこんなことになったんだ?」と彼女を責め出した。

みんながショックだし悲しいし、やり切れない思いを何かのせいにしたいのはわかる。みっともない話だけど、大人たちはサクラさんがきっかけで兄貴がクスリを始めたと言って彼女を追い詰めた。それで責任とったんじゃないかな。

実を言うと、サクラさんは兄貴と付き合う前もバンド系の彼氏と付き合っていて、その人もクスリで死んじゃっていた。正直言って、俺だって口に出して責めることはなかったけど、「兄貴も厄介な人に関わっちゃったな。サクラさんと出会わなければ、こんなことにならなかったんじゃないかな」という思いがあって、心の中では彼女を責めていた。

だから正直、彼女が後追い自殺をしたときにはホッとした。もちろん、兄貴と一緒にいつも仲良くしていたから、悲しいという気持ちはあるんだけど、それよりも「やっとこれですべて終わった」と安堵する気持ちのほうが強かった。兄貴が死んだというのに彼女がそのままのうのうと生き続けていたら、自分はずっと許せずに恨み続けていたと思う。

自分が二十歳のときに子供ができて結婚して、親子3人での幸せな生活から一転、突如として訪れた不幸の数々。特に兄貴の死が1つのターニングポイントになったというか、ここから自分の人生が狂っていった。

不幸の連鎖は止まらない。次は幼馴染のリナだった。

彼女は同じ団地の隣の棟に住んでいて、生まれたときから家族ぐるみの付き合いをしていた。兄貴が死んだことは、彼女からしても身内が死んだのと同じくらいショックで、受け止められなかったのか信じられなかったのか、今度はリナが情緒不安定になってしまう。精神科に通院したけど、それでも悪化してしまい、会話も成り立たなくなっていった。

気が狂ってしまって何をするかわからない精神状態のリナは、お巡りに保護されることも度々だった。ある日、夜中に池袋警察署から「ビルのガラスをぶち破っていたから逮捕した」という連絡がきた。

さすがに「お前、このままじゃヤバいから入院しろよ」と説得して入院させたけど、精神が元通りに回復することはなく、彼女は住んでいた団地の14階から飛び降り自殺をしてしまった。兄貴が自殺してから2年後のことだ。

生まれたときからの幼馴染まで死んでしまった。畳み掛けるように続く不幸に打ちひしがれた。ショックなんだけど、やがておかしな感情が自分に湧いてきた。兄貴、サクラさん、リナ……なんで俺の周りでこんなに死んでいくんだろう。地元の友達は毎回葬儀に来てくれるんだけど、それが恥ずかしくてたまらなかった。

二十歳からわずか4年の間で結婚、出産、懲役、離婚、兄貴の死、兄貴の彼女の死、そして幼馴染の死という大きな出来事が続いた。次々と大切な人が死んでいったことで、自分のことを冷静に考える時間が生まれた。

兄貴が死んでからは自分も半分死んでいるような感覚で、それは今も変わらない。兄貴はバンドを真剣に頑張ってそれなりに有名になっていたし、母親とも仲良くしていた。

自分なんかは親とは一切話をせず、コミュニケーションすら取らずに生きてきた。

外で暴れるだけ暴れて、心配や迷惑ばかりかけて。兄貴は不良をやめて音楽の道で頑張っていたというのに、そんな夢を持った人間が死んで……なんで俺みたいな好き勝手に生きている奴が生き残るんだと苦しんだ。自分はめちゃくちゃな人生を送っていたから絶対に早死にすると思っていたのに、兄貴みたいないい人間が先立って、なんで俺みたいなクズが生き残るんだって。兄貴じゃなく俺が死ねば良かったのにって。クスリに溺れていく姿をもっとも間近で見てきたのに、どうして止められなかったのかと自分を責め続けた。

死んで15年経った今でも、兄貴じゃなく俺が死んでいたほうが良かったと思っていて、その葛藤に苦しんでいる。未だによく兄貴の夢を見るが、不思議なことに兄貴が夢に出てきたときは、朝起きると必ず涙が出ている。

正直、今も完全に気持ちの整理がついていないぐらいなので、当時は複雑な感情が入り混じり生活がどんどん荒れていく。地下格闘家Uと出会って、またさらに人生が過激になっていくわけだ。

REP. TOKOROZAWA

TYSON

REP.
TOKOROZAWA
TYSON

第3章　覚醒するアウトロー

地下格闘家との出会い

次々と身近な人が亡くなっていき、自分の人生は転がり落ちるように荒んでいく。幼馴染のリナが死んでから少し経った24歳の頃、自分はアウトローのカリスマと呼ばれるUと出会う。ネット上の噂では、きっかけは２００８年3月に開催された第1回「THE OUTSIDER」でUがデビューした後に彼がブログで呼びかけたオフ会となっていて、しかも自分から応募して参加したことになっているようだが、事実はまったく違うので正確な経緯をここに書きたい。

初めて会ったのは、Uが地下格闘家デビューするその半年ほど前だった。中学2年のときにダイエーで殴り合ったS先輩が10代の頃にUの舎弟になっていた絡みで、自分はUを紹介された。それが初対面。それからすぐに仲良くなって直に連絡取るようになっている。

そのオフ会みたいなやつにも、Uから「広海も遊びに来てよ」と呼ばれたから行っただけだ。Uがデビュー後にブログで「アウトサイダーに出たい奴、俺のところに集まれ！」だとか「俺が前田さんに言って出させてやるから」と呼びかけたのは知っているが、自分はその前からUに誘われている。Uのデビュー戦のガウンも自分がプレゼントしているのだから、その後のオフ会が初対面というのは絶対にあり得ない。

初めて会ったのは新宿のドトール。Uは自分の3つ上で、Uの舎弟だったS先輩から歌舞伎町時代のイケイケなエピソードを聞いたり、実話系の雑誌とかでもよく見ていたりして、「こんなヤバい人がいるんだ」と思っていた。

第一印象は腰が低くて陽気な人。マシンガンみたいに喋って人を笑わせてくるし、「実際はユーモアがあって面白いんだな」と思った。

俺たちは出会ってすぐに意気投合し、Uのデビュー戦に自分がガウンを送る。その辺りから俺が新宿に行ったり、Uが所沢に来たりして毎日のように遊ぶようになっていき、それからのオフ会という流れだ。

第1回アウトサイダーの話題性はすごかった。Uがデビューして名前が知られた後だから、あいつがブログで第2戦の出場者を募ったら、名古屋とかいろんな地方から20人近くが集まった。自分はUからの誘いに応え、仲間を連れて4、5人で参加した。明確何気なく行っただけなのに、Uとしては第2戦目に自分を出したかったらしい。明確にそういう意図があった。

「広海も出るだろ？」

「え？　いやいや、出ないですよ」

　オフ会でそんなやりとりがあって、俺は興味がないからと断った。それからも「アウトサイダーでデビューしないか？」と誘われたけど、まったくその気にならなかった。元から格闘技を観るのは好きだけど、自分でやる気にはなれない。自分は普段からガチの喧嘩をしているから、まずルールがあることが気に食わない。アウトサイダーは顔面だめとか肘打ちだめとか、細かいルールが多い。サッカーボールキックもだめで、2回ダウンしたらもう終わりと他の団体よりも厳しかった。だから余計に出る気がなかった。

　これまでに格闘技のオファーを山ほど受けてきたけど、すべて断ってきた。アウトサイダーはアマチュアだから特に危険に配慮していて、ちょっとでもマウント取って殴るとレフェリーがすぐに止める。もし自分がそんなところで止められて、まだぜんぜんやれるのに「負け」と判定されたら納得がいかない。だから、格闘技はやらない。タイマンだったら誰とでもやってやるけど、リングの上でレフェリーありでは、とてもやる気にならない。

実際に第1回、第2回「THE OUTSIDER」の試合を観て、やっぱりアマチュアは試合を止めるのが早いと思った。「まだ戦えるのに可哀想だな」と。オファーを断った理由はそこが一番大きい。

Uに出場する気はないと伝えたら「セコンドに入ってくれ」と言われ、2008年7月に開催された第2回のセコンドを引き受けた。

第2回から2ヶ月後に『ドブネズミのバラード』を出版したUは、名前こそ売れていたけど、金はなく生活はかなり厳しかったようだ。服役中にヤクザから足を洗ったからといって、まともに雇ってくれる会社なんてないから、派遣の日雇い仕事をやっていた。

「物書きで生きていきたい」という将来の目標も持っていたし、精神を患っていた奥さんの面倒を看ながら仕事もして、「こんな嫁だけど幸せにしたい」とも語っていた。仕事と家庭に真面目に取り組み、目標に向かって努力するUを「かっこいい人だな」と思っていた。

それがだんだんとほころび出し、6年ほど一緒にいる間に、Uの本性に疑問を持たざるを得ない出来事が度々発生する。こういう泥臭くてかっこいい部分も知っているから、以降におかしいなと疑問に思う出来事があっても、本気で見限るまでに時間がかかったのかもしれない。

Uと出会って一番変わったことと言えば、戦わざるを得ないことが増えたことだ。自分の問題じゃないことでも、やらなくちゃいけなくなったのだ。

Uは揉めやすい人で、ブログでアウトローの組織や個人に対して喧嘩を売るようなことばかり書いては、自ら敵を作っていた。当然、「お前、何俺のこと書いてるんだよ」と詰められることになるんだけど、Uは結局自分に「代わりにやってくれ」と頼んでくる。それで、やらなくてもいい喧嘩を自分が請け負うことになってしまう。

Uはアウトローとして自分より目立っている奴を絶対に許さなくて、それに異常なほどこだわっていた。自分より目立つ奴がいたら、そいつのことをブログでボロクソにこき下ろすから、書かれたほうからしたら「面識もないのに、勝手にゴチャゴチャ書きやがって」と怒るのは当たり前だ。

一緒にいるときは自分が盾になったけど、24時間一緒にいたわけじゃないから、U

が一人のときにちょくちょくぶっ飛ばされていたのは知っている。ブログで喧嘩を売らずに大人しくしていれば何も起こらないのに、いつも自分自身で火種を作っていた。Uはこんな情けない面もあれば、やたらイケイケのときもある掴みどころのない男だった。

第2回アウトサイダーの後ぐらいに、Uが若い頃に所属していた組の事務所に乗り込んだことがある。巷では俺が一人で乗り込んだという噂になっているけど、実際はUと二人だ。理由は忘れたけど、Uがキレて「行くぞ！」となって、金属バットを持って乗り込んだ。結果、事務所には誰もいなくて、玄関の扉をボコボコにして帰っただけだが、これがUと初めて一緒に喧嘩をしに行った出来事。

Uがアウトサイダーに出ている間は喧嘩もせず暴れたりもせず、飲みに行ったりナンパしたりして普通に楽しく過ごしていたけど、この事件を機に自分はUのボディーガードのような存在になっていく。歌舞伎町でUがヤクザ時代の知り合いに絡まれたときなんかも、ぶっ飛ばす役は必ず自分だった。

Uとつるむようになってから、人に対して怖いと思う感覚がなくなっていった。10代の頃はガキだったから「あの先輩怖いな」みたいな感情があったけど、25歳ぐらいになると、相手が誰であろうと、たとえボブ・サップみたいな奴だろうと、怖いという感情が一切なくなった。相手が格闘技のチャンピオンだろうが、プロボクサーだろうが関係なくなり、完全に感覚が麻痺してしまったのだ。〝喧嘩慣れ〟というのはこういうことなのかなと思った。

この頃は行動範囲も六本木などの都内に移っていた。所沢で暴れていたガキの頃は、自分にとって喧嘩はスポーツ感覚だったけど、この頃にはそういう感覚はなくなっていた。相手が武器を持っていることもあるし、殺るか殺られるかに変わっていった。ガキの喧嘩は勝った負けたで終わりだけど、大人の喧嘩になるとその場では終わっても、後からどんどん話が大きくなって、上の人が出て来たり間に入ってもらったりと、タイマン一発勝負と違って単純な勝ち負けじゃなくなっていった。

プロ格闘家との決闘

いくら喧嘩慣れしたといっても、「格闘家Sを一撃でノックアウトした」という情報はフェイクだ。当時、ある総合格闘技団体の現役チャンピオンだったSとタイマンを張ったのは事実だが、全然一撃じゃない。めちゃくちゃ強くて、かなり長い間殴り合っている。

きっかけは六本木のクラブで先輩たちと飲んでいたときで、このとき自分は28歳だった。Sがその店でセキュリティをしていて、朝4時半ぐらいの閉店時間後も、自分たちとセキュリティ数人で飲んでいた。Sは酒癖が悪くてちょこちょこと絡んできて、その場で一番年下だった自分に「酒を作れ」とか言ってパシリに使おうとするから、自分もキレてしまった。

「お前の舎弟じゃないんだよ」

Sは威勢がよくて、その場で殴り合いが始まった。

一度は周りに「やめろやめろ」と引き離され、白けてしまったが、クラブを出てからドンキホーテ前で第2ラウンド開始。お互い同時に殴りかかった。いつもならワンパンで終わらせることが多かったので、体感的には結構長いこと殴り合っていた気がするけど、10分はかからなかったと思う。

Sはこれまでのタイマンで一番手こずったのはこの人だろうというくらい強かっ

た。彼のバックボーンが柔道だったから、自分は生まれて初めてぶん投げられた。コンクリートに背中を叩きつけられて息ができないし、すぐさまマウント取ってきて、こっちの呼吸が整ってないのにパンチをバンバン出してくるから、「これはちょっとヤバいかな」って思った。

このときは酒が入っていたけど、かなり冷静だったと思う。六本木のドンキの前だから、あっという間に人だかりができたけど、その大勢のギャラリーの中に中学のときの1つ上の先輩がいるのを見つけ、マウント取られながらも「あれ？　カミタケ君じゃない？」なんて思う余裕があった。

「顔見知りが見ているなら、なおさら負けられねぇ」

そう思うと、俄然、気合が入った。下からガムシャラにパンチを出していたら、たまたま自分の指が相手の目に入った。相手がひるんだところで形勢逆転、マウントを取り返すと最後は自分が首を締め落とした。

普段の喧嘩なんてやりあってもせいぜい2、3分だから、心臓がバクバクいって息があがっていた。「これで終わらせないと体力が持たない」と思って、必死で締め上げるとSは失神。相手は現役の総合格闘家なので、当然スタミナがあるから、自分にはこのワンチャンスしかなかった。

「もういい、やめろ！　お前の勝ちだ。これ以上やるな」

ギャラリーと一緒に見守っていた仲間たちが駆け寄って来て、自分たちは強引に引き離された。みんなで声をかけ続けてやっとSが目を覚ますと、起き上がって「どうなっちゃったの？」と言った。本人は何も覚えていないようだった。

「いやいや、お前、今締め落とされて負けたんだよ」

「はぁ？　負ける訳ねーじゃん」

最初は納得してなかったけど、「お前の負けだよ」とみんなに諭されて状況を飲み込んだようだ。結局、その後に「悪かった」と認めてくれて、みんなで一緒にラーメンを食いに行った。それから格闘家Sと仲良くなって何回か遊んだけど、今は会っていない。

実はこの喧嘩のときに自分は拳を痛めてしまい、次の日に病院に行って手の甲を手術している。普通は殴ったときの衝撃で指や手首が折れてしまうことが多いけど、自分の場合は指も手首も頑丈だったもんだから手の甲に負担がいき、骨が折れて手の真ん中がボコンと盛り上がってしまった。それ以来、右腕の手の甲にはチタンが埋まっ

プロ格闘家Ｓとの戦いの直後

これまでに拳を９回骨折し、手術も６回行っている

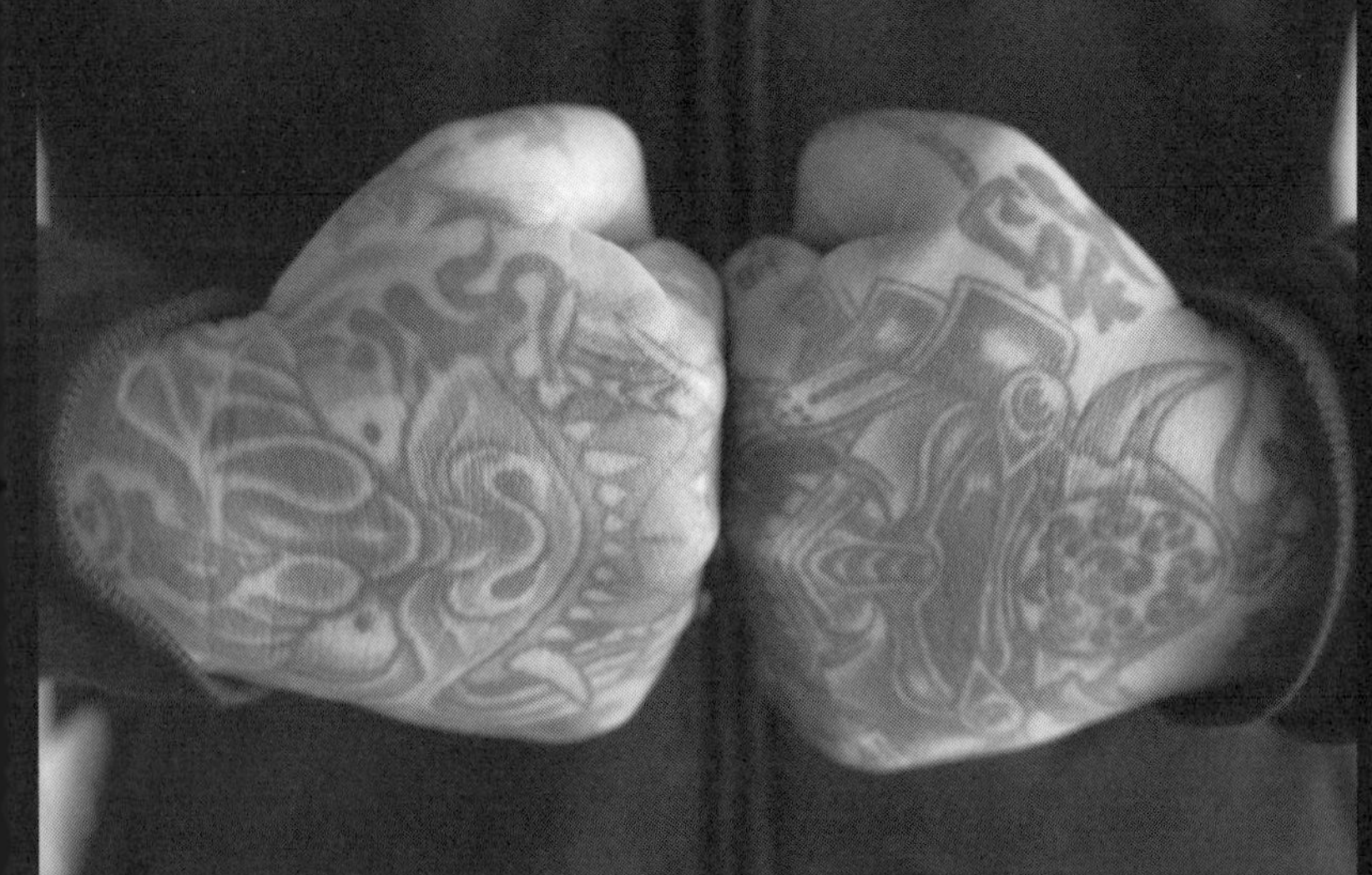

ている。

自分がプロの格闘家と喧嘩したのは3回あって、この総合格闘家Sの他にプロボクサーとが2回。その2回目というのは割と最近で、2015年12月のことだった。場所は新所沢駅。向こうは結婚式の二次会帰りみたいな感じで、プロボクサーとその後輩みたいなツレの二人だった。

「わー！ お前、刺青かっこいいな！」

プロボクサーが改札で自分とすれ違うときにそう言ってきた。自分にはそれがバカにしているような口ぶりに聞こえた。上から目線みたいなクセのある言い方だった。だから自分も「はぁ？」となって、向こうも「なんだよ、お前」と近寄って来た。そいつのツレは必死に止めようとしていたけど、ボクサーは酔っていたから強気でガンガン来る。

「なんだよ。文句あるならやってやるよ」

売られた喧嘩を買わない手はない。「いいよ。じゃあ、やろうぜ」と言って改札を出ると、そのまま駅前のロータリーに向かった。先頭を歩いていた自分が「ここでやるか」と思って振り向いた瞬間、突然パンチが飛んできた。すぐさま殴り返して倒れた相手に馬乗りになると、お巡りが来て羽交い締めにされるまで、そいつをボコボコに殴り続けた。

かなり思いっ切り殴っていたので、このときも指の骨が折れてしまった。逮捕されたが、相手がプロボクサーのA級ライセンスを持っていたからすぐに釈放。プロのくせに先に殴ってきた向こう側に非がある。強い弱い以前の問題だった。

もう一人のプロボクサーとの対戦は格闘家Sとほぼ同時期で自分が28歳のとき、場所は新大久保だ。

中国人が手招きするので行ってみたら、クスリを出してきた。要するに「買わないか？」ということ。「買わないよ」と断ってもしつこくて、今度はそいつの兄貴分らしい日本人が来て、「安くするから買えよ」と引き下がらない。そんなやり取りをしているうちにヒートアップしてきて、やるやらないの話になった。その日本人もプロボクサーだった。

「やってもいいけど、どっちか死ぬまでやるよ。たとえ俺が負けたとしても、まいったなんてしないから、明日にでもまたやり返しに来るし。どっちかが死ぬまで終わらないよ。その覚悟があるんならやってやるよ」

そう自分が言うと、そいつも「いいよ。上等だよ」と返すから、路地に入って殴り合ったが、話にならないぐらい自分の圧勝だった。よくプロボクサーに素人のパンチなんかかすりもしないと言うけど、あれは嘘でバンバン当たる。いくら打撃が強かったとしても、喧嘩ってほとんど取っ組み合いになるから、ボクサーはそんなに脅威ではない。

これは格闘家との喧嘩じゃないけど、新大久保での中国人繋がりの話。あるとき先輩から取引の代理を頼まれ、新大久保の待ち合わせ場所に行くと、なぜか中国人の集団が4人で待ち構えていた。「これはヤバイ状況だな」と察知した途端、脇からもう二人出て来て6人に囲まれてしまった。

「とりあえず金出せ」

「いや、先にモノだせよ」

そんな言い合いから喧嘩になった。6人一気に来られると勝ち目がない。そう思った瞬間、あるエピソードがとっさに浮かんだ。ガッツ石松が8人の相手と揉めたときに、わざと路地に逃げ込んで、周りを囲まれない状況を作って一人ずつ戦ったという作戦を実行することにした。路地に逃げ込んで、追っかけてきた中国人をぶっ飛ばすとまた逃げてと、必ず1対1の状況を作る戦法で一人ずつぶっ飛ばしていった。

最後の奴がナイフを出してきたから、自分はダウンジャケットを脱いで拳に巻いて、それでパンチで牽制しながら戦った。ダウンがナイフで切り刻まれてボロボロになってしまったけど、ガッツ石松戦法で6人全員を葬ってやった。

この1対6の喧嘩が、これまでに自分一人で戦った最大の人数だ。この頃は格闘家Sとのタイマンで粉砕した拳が完治する前だったけど、結局このときは両拳を骨折してしまった。ちなみに自分はこれまでに拳を9回骨折していて、手術も6回行っているが、左の拳の手術はこのときが初めてだった。

地元から飛ぶ奴ら

自分は兄貴の一件があってから、クスリをやる人間を毛嫌いしていた。だから六本木や渋谷のクラブなんかでしつこく「買わない？」と声をかけてくる売人らも、ことごとくぶっ飛ばしてきた。

自分はもう二度とクスリに手を出さないし、クスリをやっている奴とはつるまないと決めている。最近もある先輩に「シャブやったら先輩と縁切りますよ」とはっきり言った。「そういう人とは自分、つるまないんで」と。

以前も自分の先輩がシャブでよれちゃうところを見たことがあって、すごく情けない気持ちになった。学生の頃はビシッとしていて1つ上の学年で一番強かった先輩だったけど、あっという間にシャブで頭がイカれてしまった。

シャブ中になった先輩が自分に絡んでくる度にぶっ飛ばしていて、最終的に「次にお前見つけたら殺すよ」と言ったら、ブルって地元から飛んでしまった。

これまで自分と揉めた奴らは、だいたい地元から飛ぶことになる。後が怖いとわかっているからだろう。最近だと4年ぐらい前にも、地元から姿をくらました奴がいた。

ある日、居酒屋で自分と先輩3人が座敷で飲んでいると、隣の席の男二人女二人の若者グループが騒いでいてうるさかった。しかもものすごいオーバーリアクションで、先輩にガンガン体が当たっている。何回も当たってくるもんだから、先輩も「うざってぇなぁ」となってきたから、次に当たったときに自分が注意した。

「君たちうるさいから。あとさっきから体が当たってるから」

そう言うと大人しくはなったが、返事もなく不満そうな顔つきだった。しばらくすると、そいつらが帰ろうとして席を立ったので何気なく目をやると、一人の男と目が合った。するとそいつが自分に突っかかってきた。

「まだ何か文句あるんすか？」

「文句なんてねぇよ」

「そんな感じの態度じゃないすか」

それからもやたら食ってかかってきて、やがて地元のある人物の名前を出し始めた。

「自分のバックにはケンタ先輩がいますけど、呼んじゃいますよ」

そいつらからするとすごい先輩のようだけど、自分からするとケンタは単なる同級生だ。生だ。10代の頃はよくつるんで遊んでいて、実はこの少し前にも久しぶりに会って同級生4人で飲んだばかりだった。

そのときにちょっとした意見の食い違いから言い合いになって、半殺しの目に合わせていた。ビールのジョッキで頭をかち割った後もボコボコに殴っていたら、他の二人が「やばいやばい、死んじゃうから」と泣きながら必死に止めてくれたおかげで、ハッと我に帰った。自分が若い頃だったら、ブレーキがかからずに殺していたかもしれない。

だからケンタの名を出されようと、自分にとっては「だから何?」という話だ。自分のツレの先輩が「こいつ久保だよ」と言うと、そいつらは「まさか!」という顔をして固まっちゃった。相手の男二人は慌てて土下座。

ケンタは鳶の会社を経営しているが、自分に絡んできたほうの男はそこの従業員だった。自分はすぐにケンタに電話を入れた。

「今、お前のところの従業員に因縁つけられたけど、こいつ殺していいのか?」

このときケンタは家族で沖縄旅行に行っていた。

「本当に申し訳ない。あと2泊あるけど、自分だけ明日に帰るから、それまでちょっと待ってくれないか」

せっかくの家族での沖縄旅行なのに泡食って、翌日、すっ飛んで帰って来た。俺のとこに来てケンタが謝罪している間も、その従業員の男はずっと土下座。その日は「もういいよ」と言って帰らせたが、翌日にもう一度ケンタが一人で謝りに来た。

「和解金で100万円払うから、穏便に済ませてくれないか?」

「銭金の話じゃねぇ。そんなのいらねぇから、もう1回そいつからきちんと謝罪させろ」

ケンタは「わかった。また明日にでも連れて来る」と帰ったが、それからその従業員と連絡が取れなくなった。家に行ってもいない。それが2、3日続いたある日、所沢署から自分に電話が入った。そいつがビビり過ぎて、殺されると思い警察に逃げ込んで保護を求めたようだ。でも、自分は一切手を出してないから、警察は何もしようがない。

「この子が怯えているから、穏便にすましてあげてくれませんか」

「もともと手を出すつもりないから、大丈夫ですよ」

自分がそう言ったにも関わらず、そいつはケンタの会社をバックレて、家も引き払って音信不通になってしまった。もう1回謝りにくれば許したのに、結局そいつは飛んじゃった。

こいつが居酒屋で粋がっていたときに、実は他の先輩の名前も出していた。「ミヤタ先輩を呼ぶぞ」と言っていたので、1つ上のこの先輩にも「こういう奴なんだけど知ってる？」と電話した。

「そいつが俺に絡んできたんだよね」

「知ってるけど、それまで仲良くないから好きにしていいよ」

そいつは速攻、見捨てられた。バックに誰がついているか知らないけど、地元でどんな名前を出されようと、たとえそれがずっと年上の先輩だろうが、俺には通用しない。所沢で俺より強い奴はいないから。

他人の名前を出して喧嘩しようとする中途半端な奴だから、結局地元にいられなくなって飛んでしまうことになるのだ。

Uに対する疑念

Uと知り合ってから行動範囲が一挙に広がったが、同時にUがブログで喧嘩売ってばかりなので、トラブルに巻き込まれる機会も増えていった。クラブなんかで人をぶっ飛ばすことも頻繁にあったけど、自分が喧嘩の相手にするのは不良だけと決めていた。だから一般人と喧嘩した記憶はない。自分のような不良っぽい奴としかやらないし、そもそもまともな人はまず自分に絡んでこない。

Uと組事務所に殴り込みに行った少し後の話だ。Uのイケイケな一面を見た後に、彼に少し失望する事件が起こる。

UがIという組織のSをブログで個人攻撃していたのだけど、ある日、そのSの軍団とUが歌舞伎町でバッタリ出くわしてしまう。相手が5人でこっちはUと自分の二人だけだった。

Uは同い年のSのことを「あいつなんてたいしたことない。昔俺にやられたから」とよく言っていたが、これも嘘だった。自分はその頃はUの言うことを信用していたけど、バッタリ会ったら向こうの方が断然イケイケで驚いた。

「俺がいつお前にやられたんだよ」

Sにそう言われると、Uはブルって謝り出した。そんなUの姿を見たのはこのときが初めてだった。その後にUが逃げ出したもんだから、相手3人から歌舞伎町のオスローバッティングセンターの辺りで追いかけ回されていた。残りの二人が自分のところに来て、「お前もどうたらこうたら」と言い出して絡んできたので、まとめてぶっ飛ばした。

Uがいつまで経っても戻って来ないので電話してみたけど、一向に出ない。やっと繋がったと思ったら、「Sにやられた」と言う。合流してみると、Uはボコボコにされていた。

「お前は大丈夫だった？」

「自分は二人ともぶっ飛ばしました」

その場はこれで終わったけど、このときの相手の組織がイケイケだったから、後に話が大きくなってしまった。結局、Uの知り合いのFさんに間に入ってもらい、丸く収めてもらった。

だけどそもそもの話、Uがブログに書いたから揉めたのであって、こっちからすると完全にとばっちりだ。もともと、Uが悪いし、相手がかかって来たから自分も手を出した、ということで決着した。

これが「もしかしたらUって弱いんじゃないか？　口だけなんじゃないか？」という疑念を抱くようになる最初の出来事だった。

それまでUの話を信じ切っていた自分からすると、かなりショッキングな事件だった。すごく仲良くしていたし、自分のことを弟のように可愛がってくれたから、自分もUを慕っていた。だから「え?」と思って落胆した。

だけど、組事務所に一緒に乗り込んだときのUはイケイケだったし、その落差が激しい。喧嘩ができないわけじゃなく、やるときはやる。どちらが本当の姿なのか、まったく掴めない男だった。

今思えばだけど、Uはアル中の気があったのか、酒を飲んでいるときは妙に気が大きくなってイケイケだった。でもシラフだと気が弱い。こういった両極端の面があってトラブルは多かったけど、この頃はまだ自分を裏切ることはなかった。

そう言えばUと新宿で飲んでいると、あいつは若い頃に所属していた組との関係で歌舞伎町への出入りを禁じられているのに、「関係ねぇよ。行こうぜ」と言い出すことがよくあった。そういうときもやっぱり、酒で気が大きくなっていたんじゃないかと思う。

歌舞伎町に行ったはいいが、結局とっ捕まって「お前、こんなとこで何やってんだ」と絡まれるパターンが4、5回あった。そう言われるとあいつはすぐに「すんません、すんません」とペコペコして謝るんだけど、それでも酒が入ると「歌舞伎町行こうぜ」

となるからしょうがない。

一度だけUが所属していた組織の人をぶっ飛ばしたことがあるが、このときは「うちの若いのが病院送りになって。このままじゃ済まさねぇ」と大騒ぎになった。そのときはUが話をまとめてくれたけど、あいつが揉め事を自分で解決したのはそのときぐらいじゃないかな。

こんな感じでどんどん生活が荒れていく自分を、お袋は心配していた。

その当時、再婚相手が単身赴任でほとんど家にいなかったこともあって、自分を見かねたお袋が「部屋がいっぱい空いてるから、うちに来たら?」と言ってくれたので、生まれてから26歳になるまで住んだ所沢の団地から、お袋の住む狭山へと引っ越すことにした。

それと同じ時期のこと。自分の中で少し考え方が変わる出来事があった。

中学2年の頃からの大親友だったRと大晦日に飲んでいると、「1回もヒロと喧嘩したことないよね」と言い出したので、自分も「そうだね」なんて言っていた。そのうち酔っ払い過ぎたRが「一度、ヒロと勝負してみたい」と言い出した。最初は「やめよう、やめよう」とあしらっていたが、このRは酒癖が悪くて、何度も同じことを繰り返し言って迫ってくる。あんまりにもしつこいから、年が明けた元日早々、「じゃあ、やろうぜ」ということになった。

そうは言っても、「外に出ていざ向き合ったら、我に返ってくれるかな」という期待をしていたけど、まさかいきなり殴りかかって来るとは思わなかった。身をかわして一発殴ったら倒れたので、そのまま馬乗りになった。それでもRはずっと興奮していて下からすごく殴ってくるから、手をロックして「やめようぜ」と言って必死になだめ続けていると、やっと目を覚ましてくれた。後にRは「あのとき自分は何を血迷っていたんだろう?」と言っていた。

本来だったらこういう相手とは徹底的にやるのが俺の流儀だ。でも、このときはなぜか殴れなかった。生まれて初めて、自らの意思で暴力にブレーキがかかった。それまで自分は人を殴ることなんてお構いなしで、まったく何も感じなかった。自分でも感情がぶっ壊れている鬼のような人間だと思っていた。

このときに「本当に大切な人は殴れない、自分にもストッパーがあるんだ」と悟った。我ながらビックリする発見だった。

不良同士のトラブルを解決する手段は金か暴力だ。俺たちアウトローは法律に守られて生きているわけじゃない。仲間や属しているコミュニティのルールやしきたりに従って生きている。だから俺たちのテリトリーに入って来てトラブルを起こしたり、弱みを見せたりする奴はそれなりの覚悟をしなくちゃならない。

自分もそんなトラブルのときに用心棒を頼まれたことが何度かあった。そんなときでも揉めているのは必ずUで、どうして揉めているかの詳細までは自分に知らされなかった。大概は口が達者なUが交渉役で、自分はその隣で威嚇するという役割だ。

このときは女関係のトラブルとだけ聞かされていた。Uの友達があるマルチ商法の会社の役員と揉めたときに、自分も駆り出された。渋谷のセルリアンタワー東急ホテルのカフェでUと自分は少し離れたところから話し合いを見ていた。

結局、自分たちの出番はほとんどなく、相手側が和解金を支払うことで手打ちとなったが、実はこのときに自分たち以外にもセキュリティが3人控えていた。その場で仲良くなったそのセキュリティの人たちから「うちで働かないか」と誘われて、自分はそれまで働いていた防水屋を辞めて、その後1年半ほど彼らと一緒に警備会社に務めることになった。

Uと知り合った当時はいつも二人で遊んでいたけど、自分が警備会社を辞める頃にUから横浜のPさんという人を兄弟分として紹介され、それからは3人での行動が多くなった。Uが芸能事務所に所属していた頃は常にこの3人で行動していたので、Uと一緒に社長と会ったり、食事をご馳走になったりする関係になった。

しばらくして某大手芸能事務所とのトラブルが発生したときに、社長から「Uじゃ頼りにならないから、お前がボディーガードをやってくれ」と言われ、自分がボディーガードを務めることになった。それなりにいい給料がもらえたし、自分に向いている職業だと思った。いいものを食べさせてもらったり、芸能関係の人たちを紹介してもらったりして、結構貴重な体験ができた。

そんな生活が1年半ほど続いたある日、Uが暴走族の小僧をぶっ飛ばして捕まってしまう。結果、不起訴になったけど、Uが留置所にいる間、社長からは「Uの面会に行ってくれ」と頼まれ、面会に行くとUからも「○○に連絡とってくれ」などと頼まれごとの板挟みになってしまった。

単にボディーガードをやっている分には良かったけど、Uが捕まったことでゴチャゴチャし始めて、面倒くさくなってしまった。その時期にUの事務所で大きな事業を始める予定だったが、Uの逮捕でそれも白紙になってしまった。

釈放されたUは「大事な話を詰めているときに、つまらないことで捕まりやがって」と社長からぶっ飛ばされて土下座していた。ところが時間が経つにつれ「上等だよ」とUが開き直り始めた。そのままUが社長と喧嘩別れして事務所を離れたことで、自分もボディーガードを辞めることにした。

自分が1年半ほどUのプロダクションの社長のボディーガードを務めている間も、揉め事が本当に多かった。そんなときでも自分とPさんが実行して、Uだけが逃げるなんてことはしょっちゅうあった。俺らはどんなことがあっても動じないけど、あいつはすぐにビビってどさくさに紛れて逃げる。

そんなときは自分も「なんで逃げたんですか?」と問い詰めたが、Uは口が上手いから、それっぽい言い訳でいつもうまくやり込められた。毎回、腹が立つけど、俺もPさんも最終的には「まあ、しょうがないか」と納得させられてしまう。あいつがまともに殴り合ったところなんて見たことがない。

冒頭でも〝所沢のタイソン〟と呼ばれるきっかけについて触れたけど、そのときの話を詳しく書きたい。

当時、Uは所属する組こそ違うが、歌舞伎町時代の兄弟分だったというHと仲良くしていた。お互いの名前の刺青を入れ合ったり、一緒にRAPユニットを組んで活動したりしていたほど親密な関係だった。やがてHはズートスーツの洋服屋でモデルをしたり、実話系の雑誌に載ったりと活動が目立ってきた。そんなHにUが嫉妬したのが、話の始まりだ。

Uはビックリするほど嫉妬深い。地下格闘家のオオクラ君がマイク・タイソンみたいに顔面にタトゥーを入れたときなんかは、Uがブログでそれを見つけて突然怒り出した。そして「俺より目立ちやがって！」と悔しがって泣き出した。その感情が俺には理解できなくて、ちょっと引いてしまった。

それで翌日、顔にタトゥーを彫ってきたから、昨日から引きずっていて、朝一で彫りに行ったとしか思えない。それを見た瞬間、「マジかよ」と思った。少ししてUがJの姉を脅迫して逮捕されたときにその顔が報道されていたから、見覚えのある人も多いだろう。

Hに嫉妬したUが、Hがモデルをしていた渋谷の洋服屋に「Kだけど、Hを出せよ」

と、有名な不良兄弟の弟の名を騙って電話したこともある。そのときはHが店にいなかったので、「近々、見つけたら殺すからなって伝えておけ」とK兄弟になりすまして脅していた。

ある日、池袋でUと俺とPさんの3人でナンパして3対3でカラオケに行っていたら、Fさんから電話がかかってきた。

「Hが『ナックルズ』に出てるぞ」

それを聞いたUが「あいつ、また出てんのか!」とキレ始めたのが事の発端だ。だから動機はただの嫉妬。自分より目立つ人間が嫌いだから、それでスイッチが入ってしまった。

せっかく女の子たちと楽しく遊んでいたのに、Uが突然「女は帰れ!」と言って、自分たち3人だけがカラオケに残された。それから「Hを許さない」という話になっていった。

店の外に出てからも、3人でHの扱いをどうするかと話し合っているときに、外国人の売人がクスリを売りつけてきたから俺がぶっ飛ばした。その売人が漫画みたいにぶっ飛んでいったのを見て「お前、マイク・タイソンみたいだな」とUが言ったことから〝所沢のタイソン〟と呼ばれるようになった。これが現在でもネット上などで出回っている自分の異名がついたエピソードの詳細だ。そして冒頭で〝深刻な話〟としていたのが、このときのHの処遇についてだった。

次第にHを殺るか殺らないかという話にエスカレートしていき、それが夜中までぐちぐちと続いた。俺は「どっちなんだよ、はっきりしろよ」と思っていた。そのうちだんだんUが「自分ではやりたくない、でも誰かがやってほしい」という感じになっていき、最後には「広海とPさんでなんとかしてくれ」と言い出した。「え？　俺は関係ないのに」と思ったけど、Pさんにスイッチが入っちゃって、「広海、殺りにいくぞ！」となって、Uも「頼むわ」と。

Uはいつもこうやって、自分の手を汚さず、言葉巧みに他人に汚れ仕事を実行するように仕向ける。

Hが道具を持っていると聞いていたので、自分たちも先輩に道具を用意してもらった。それでそのままHの家に直行。朝方に初台のほうまで乗り込んで、ここまで来たらもうやらざるを得ないという状況だった。

アパートに着くと、心臓が飛び出るんじゃないかっていうぐらいの鼓動を打っていた。「頼むからいないでくれ」と願った。ノックしてもなかなか出て来ないから、ドアノブをひねったらあっさり開いた。すると、Hの彼女が一人で泣いていて、それを見て正直ホッとした。

「Hはどうしたんだよ?」

「チャカ持ってどこかに行っちゃった」

このときにHがいなくて助かった。殺ることにならなくて本当に良かった。チャカを持ったのも初めてだし、自分の人生でこんなに緊張したことはなかった。「殺らなきゃいけない」って根性決めていたから、Hがもしこのとき家にいたら人生が大きく狂っていたに違いない。

でも、実際に襲おうとしたのはこの1回だけで、その後はUがお巡りに「Hがシャブやってる」とチンコロして終わり。Uにはチンコロ癖があるのだ。

自分と夜中に電話しているときのことだ。Uが急に「ちょっと待って!」って焦り出した。どうもUの家の近くで単車の音が聞こえたらしい。「だんだんその音が近づいて来る」と言う。何かの後遺症だと思うけど、Uはすぐに勘ぐったり、手が震え出したりすることがあった。

「単車の音が聞こえる。関東連合が乗り込んで来た」

Uの妄想がどんどん膨れ上がって、そのうちブチって電話が切れてしまった。かけ直してもなかなか出なくて、それから3時間ぐらいして朝方にようやく繋がった。

「あれからどうしてたんですか?」

「今、山梨にいる」

「はぁ?」

Uは後輩に車を出させて、パジャマのまま山梨の知人宅へ逃げたと言う。

「あれ絶対、関東連合だから」

普通にバイクが家の近くを通っただけだろうけど、奴の妄想癖はすごかった。結局、山梨で日焼けサロンの店長をしている知人宅へ逃げ、Uはそこでお世話になることになった。

それにも関わらず、Uはその日焼けサロンでバイトしている女の子を口説いて、いい関係になってしまう。しかも、その女の子は店長が目をかけていた子だったから大変だ。「ふざけんな」とUはぶっ飛ばされた。

店長から聞いた話だけど、Uの部屋に行ったら二人とも裸で寝ていたという。その場で店長にぶっ飛ばされたUは、裸のまま泣きながら土下座して「許してください」と詫びを入れた。それで店長が事を納めてやったのに、Uが「暴行された」とお巡りにチンコロして、店長は捕まっちゃった。

Uはそういう奴だ。自分に非があろうが、恩があろうが、気に入らなかったら平気で義理を欠いたことをする。何か言いたいことがあったり、間違っていないと思うなら、その場で話し合ってでも殴り合ってでも解決すればいいだけのこと。自分には理解できない感覚だ。

Hのときもそうだけど、Uはすぐに兄弟分を作りたがる習性がある。そして「兄弟、兄弟」と言って仲良くしていたかと思うと、やがて急に仲違いする。この繰り返しだった。そして、このHとの一件の後、Uは五分の兄弟として仲良くしていたPさんとも仲違いしてしまう。その原因も嫉妬だった。

ある日、いつものように3人で遊んでいると、UがSさんという人を連れて来て紹介してくれた。Uよりもずっと年上の先輩だった。最初は4人でよく会っていたが、次第にPさんとSさんが親しくなっていった。

ここまではよくある話だけど、Sさんの結婚式にPさんだけが呼ばれ、Uには声がかからなかった。その事実をブログで知ったUが激怒したようだ。自分はそんなことになっているとは知らずに朝方まで飲んでいて、そろそろ帰宅しようと思っているところにUからの着信だ。

「もしもし」

「テメェ！　この野郎！」

電話に出るなり、Uがいきなり大声で怒鳴り出した。

「テメェだけSの結婚式に行きやがって！」

どうも自分とPさんを間違えて電話したようだった。それからもUは自分に向かって散々吠えていた。

「俺、広海ですけど」

そう言うとUがやっと我に返ったので、どういうことか話を聞いてみると「今、F君の家にいる」と言う。FさんはSさんの先輩で仲良くしていたから、Sさんの結婚式にも参列していた。このときなぜUがPさんではなく、Fさんの家に乗り込んだのかはわからないけど、Pさんと間違えて自分に電話をしてきたということがハッキリした。自分からFさんに状況を聞こうと思い、電話を代わってもらった。

「広海、なんとかしてくれよ。こいつ、自分が式に呼ばれてないからっていって、なぜか俺んとこに来てめちゃくちゃキレてんだけど」

「とりあえずPさんに連絡しますよ」

そう言って電話を一旦切り、自分からPさんに連絡した。状況を報告すると、Pさんは「何それ⁉」と驚いていた。

「俺からUに電話する」と言うのでPさんに任せていたけど、心配になった自分からもUに電話をしたがまったく出ない。Fさんにかけても繋がらない。二人とも急に連絡が取れなくなってしまった。どうしたのかと心配していると、2時間後ぐらいにFさんからの着信だ。

「あれからどうなったんですか?」

「どうもこうもねぇよ。あいつ狂いやがってアイスピックで3発刺してきて、今病院に向かってる」

どういった展開なのかわからないが、Uはさんが標的だったのに、なぜかFさんをぶっ刺していた。この事件を機に、あれだけ「兄弟、兄弟」と呼び合っていたUとPさんは絶縁。FさんとUも縁が切れた。

関東連合からの呼び出し

Uと行動を共にしている間はとにかくトラブルの連続だった。Uが関東連合に襲われる妄想に囚われた原因だって、元を正せばUがブログで挑発するからだ。ネット上の噂では、Uが関東連合のIと揉めたときに、I軍団に自分が拉致されたことになっているようだが、それをここで訂正したい。

そもそもその時点で自分はIと会ったことがなかった。UがIと喧嘩になったので、その流れで近い存在だった俺までやられたという噂になったのだと思うけど、自分はこの件にまったく関与していない。Uは結局I軍団にぶっとばされて、謝罪したらしい。自分が知っているのはその謝罪後の話だ。

UはIの経営する格闘技ジムに半ば強制的に入会させられた。自分は興味がないから断ったけど、Uの仲間が道連れにされた。自分は見学に行って、二人がしごかれているのを「うわ、最悪だな」と思って見ていた。

揉めているのはいつもUで、自分はその巻き添えを食らうことが多かったが、ある日、Uとの関係に決定的なヒビが入る事件が起こる。

２０１２年1月15日に開催されたUの引退試合の少し前のことだ。この件はネット上の噂では「所沢のタイソンが関東連合に拉致されて、それを古い弟分のWが助けに行ったが、Uに見捨てられた」など事実とはかけ離れた話になっているので、この一件を正確に記しておきたい。

ある日、自宅にいると所沢の先輩から連絡が入った。Uの件で関東連合の人たちが俺に会いたいということだった。

「Uの件なのになんで俺に？」

詳しく話を聞いてみると、Uと連絡が取れないから、一番近い存在の自分から話を聞きたいとのこと。「俺が行っても話にならないから」と最初は断っていたけど、「実はすぐ近所のファミレスまで来ている」と言う。「それじゃあ、しょうがない。わかりました」と自分は国道16号沿いのガストに向かった。

店内には関東連合の4人がすでに待ち構えていた。そのうちの一人がいきなり本題を切り出した。

「Uと揉めてるんだけど、連絡がつかなくて困ってる。あいつをここに呼べないか？お前が一番仲いいんだろう？」

その場でUに電話をするが、いくらコールを鳴らしても出ない。何度かけ直しても全然繋がらないから、しまいには相手もシビれてきて、今度は自分を責め始めた。

「お前もただじゃ済まねぇからな」

「俺は関係ないだろ。ただ一番身近ってだけで呼び出されて、こうして一人で来てやってんのに、ふざけんじゃねぇよ！」

険悪な雰囲気になり、俺と相手4人で言い合いとなった。そうこうしているうちに、やっとUと電話が繋がる。

「関東連合の人に呼び出されて、今、自分の目の前にいるんだけど、来てくれませんか」

「ちょっと今は行けないから、なんとか逃げてくれ」

Uはビビってそう言うけど、逃げるなんてカッコ悪いし、そもそも俺には逃げる理由がない。

「電話代わりますか？」

「いや、代わらないでくれ」

そんな感じのやり取りが続いた。

「音楽のレコーディング中だから、またかけるわ」

最後にはそう言って一方的に電話を切られた。俺はUに見捨てられたのだ。

「お前もかわいそうな奴だな。一番仲がいいと思ってた先輩に裏切られて」

目の前でこのやり取りを見ていた関東連合の4人は、揉め事とは何も関係がないのにUの代わりに一人でやって来て、ちゃんと筋を通している自分のことを気に入ってくれたようだ。それからは打ち解けて、雑談した後に帰ろうとしたら、「実は清瀬の連中もUと揉めてて、目の前のファミレスに今来ている」と言う。「そっちにも行ってくれ」と。関東連合と清瀬のグループは繋がっているようだった。

ここまできたらしょうがないので、国道を挟んだはす向かいのロイヤルホストに向かうと、今度は全部で30人くらいいて、店はその連中で貸切状態になっていた。そこのリーダーと話をしても、結局は関東連合のときと一緒で、「Uを呼べ」ということだった。それまでの事情を話し、電話をかけても出ないことを説明するが、納得がいかない様子で、自分にも圧をかけてきた。

「お前も調子くれてると、やっちまうぞ」

「ふざけんじゃねぇ、上等だよ。じゃあ、タイマン張ろうぜ」

自分がそう言うと全員が黙った。俺は「じゃあ、ちょっとかけてみますよ」と言って、通話をスピーカーにしてUに電話をかけた。すでにUが電源を切っているのを知っているけど、そうでもしないと収まりがつかないだろうと思った。案の定、何度電話をかけてみても「おかけになった電話は、電波が届かない場所に～」というアナウンスが繰り返されるだけ。

「ほら、これですよ」

「冷てぇな、お前の兄貴分」

結局、関東連合の人たちと同じように、この清瀬の人たちも自分に同情してくれた。このときはもうUに対する怒りが凄まじく、お互いに共感して仲良く話し合った。それからしばらくして「連絡取れないならしょうがないな」となって帰らされた。これが「所沢のタイソンが関東連合に拉致された」という噂の真相だ。

それまでもUには怪しいなと思うことが何度もあったけど、ここまで裏切られたのは初めてだった。過去の積み重ねもあるけど、この一件でUに対する信頼は完全に地に落ちた。

この出来事からUとは以前と同じ感覚では付き合えなくなり、自分からUに会いに新宿に行くことはなくなった。Uから飲みに誘われても、面倒くさいから「所沢に来るんならいいですよ」と返事して、自分からは向かわないというスタンスに変えた。Uもそれにだんだん勘づいてきたようだった。

「最近、お前冷たいじゃん」

「だってこの前、逃げたじゃないですか。万が一、俺がやられてたらどう責任取るつもりだったんですか？」

テメェが仕出かした不始末の巻き添えを食らったというのに、どうして自分を見捨てたのかをハッキリさせたかった。

「本当に申し訳ない。レコーディング中だったから、どうしても抜けられなかったんだ」

とにかくUは口が達者なので、いつも信じざるを得ないような上手い言い訳を使ってくる。Uは当時、ちょうどJの姉なんかとバンドを組んでいた時期だったから、辻褄が合わないわけではない。Jの姉ちゃんがボーカルで、Uがベースのユニット。活動はしていないけど、そういう話があったのは知っている。

ただ、Uが口八丁手八丁で人を騙してきたのを散々見てきたので、自分には奴が嘘をついているとしか思えなかった。

こんなことがあったにも関わらず、自分はUから引退試合（2012年1月15日開催、地下格闘技イベント「BERSERKER」旗揚げ大会のエキシビションマッチ）の内藤裕戦のセコンドを頼まれる。乗り気ではなかったが引き受けることにし、自分とWの二人がUのセコンドを務めた。

このときの控え室には「サイゾー」が取材に来ていて、Uと一緒に自分もインタビューを受けている。Wはかなりしゃべっていたけど、自分は例の一件への怒りもあるし、猜疑心（さいぎしん）を持っていたから、最低限の一言にした。

「不器用だけど熱い男。その魅力は会って話せばわかる」

自分にも話を聞かせてくださいと言うし、いろいろ言いたいことはあったけど、この一言だけで終わらせた。意図的にそうした。これを書いている今現在（2021年1月）までは、これが自分の唯一のメディアでの発言だ。

ちなみに一緒に写っているWと俺は仲がいいと思われているようだけど、俺と奴は数回しか会ったことがない。Uとは私生活でもいつも一緒にいたが、WとはUを通じた仲でしかない。

「サイゾー」ではたまたまWも一緒に取材を受けたが、それ以外に奴と会ったのは1、2回飯を食った程度。でも、Wの家には行ったことがある。占いとか風水で生計を立てている家で、身につけているモノも高価だし、ものすごくいい暮らしをしていた。数珠を作って1個8万円とかで売ったり、風水系の本を何冊か出したりと、自分からするとWはインチキ占い師といった印象だ。

Uが警察に捕まったときは、それまで「兄貴兄貴」と慕っていたのに急に寝返って、Uのことをブログで「東日本大震災の義援金をパクった」とか「母親から仕送りをしてもらっている」などと暴露したくせに、10日で釈放された途端、またUにゴマをすって近寄って行った。その時点でこの二人には不信感でいっぱいだった。「なんだ、こいつら?」って。

WとUはやっていることが同じ。今もつるんでいるようだが、自分に絡まず勝手にやっててくれ。

決別と復讐

この引退試合の直後、芽生えた不信感が決裂へと変わる大きな事件が起こる。きっかけを作ったのは俺だった。悪いのは俺だということはわかっている。だけどそれはUに対してではない。

言い訳しないで事実だけ言うと、自分の女性問題。事情はあったにせよ、隣町の先輩の女房に手を出し、本気になってしまった。隠れてこそというのがどうも自分で許せなくて、「日那ともきちんと話をしたい」と彼女に言っていたが、「少し待って」ということになっていた。

ある日、彼女から「日那にバレたから3人で話し合いたい」というメールがきたので、「わかった。今から行く。逃げも隠れもしない」と返信した。実はこのメールは、彼女の携帯を使って彼女に偽装した旦那が送っていたということが後にわかる。送ったはいいが、まさか自分が呼び出しに応じるとは思っていなかったのだろう。「どこに行けばいい?」とメールして以降、返信がなくなった。

2時間後ぐらいにやっと「駅の近くにあるローソンに来て」という返事がきた。指定の場所に行ってみたら、すごい人数がコンビニ前に集まっていた。彼女はまだ来ていないようだし、状況がわからなくて「悪そうな奴らがたまたま集まっているだけかな」と思っていたら、その中の一人が俺を指差した。

「あ! 来たぞ! おい久保!」

地元の3つ4つ上の先輩などが併せて13人もいた。メールの返信のない2時間の間に連絡を取って集めていたようだ。大勢いる中にパッとUを見つけてちょっと安心した途端、一気に囲まれて掴まれた。

「やってくれたな、おい!」

ここぞとばかりに殴りかかって来た。不意を突かれて「ヤバいな」と思ったが、Uが間に入って守ってくれるのではと期待した。6年ぐらいずっと仲良くしてきたし、これまであいつのために幾度となく体を張ってきたのだから。それなのに、いの一番にUが殴りかかってきた。

俺が窮地に立ったときには間にも入ってくれず、むしろノリノリで一番最初にぶん殴ってくる奴なんだということがこのときわかった。

とにかく、13人がかりでずっと反撃できないぐらいボッコボコにやられた。お巡りが駆けつけるまでの20分ぐらいの間ずっとだ。到着したお巡りから引き離され、救急車が呼ばれてやっと終了。

病院に運ばれながらも、自分はどうしても納得できずにいた。仲間を集めた彼女の旦那のやり方も気に食わないし、調子に乗って真っ先に殴りかかってきたUには猛烈に腹が立った。恩を仇で返されたそのショックと怒りがすごくて、とにかく「ふざけるな！」と思った。

何よりも衝撃だったのは、袋叩きにされている間に俺が身につけていた金品を外してUがパクっていたことだ。「何か弄(いじく)られてるな」とは思っていたけど、買ったばかりのロレックスだけじゃなく指輪も全部外されていた。「なんだこいつ」と一気に気持ちが冷めた。関東連合との一件ですでに信頼関係が崩れ始めていたけど、これで完全に怒りに変わった。絶対に許さないと心に誓った。この事件がきっかけで自分はU

と決裂。それから復讐の対象へと変わる。

病院に運ばれて治療を受け、医者からすぐに入院するように言われたけど、「そんなことしてられねぇ」と撥ねつけた。お巡りはお巡りで「加害者を捕まえたいから、被害届を出してくれ」と言う。

「ふざけんな！　被害届なんて出さねぇ。自分でケジメつける」

俺は13人全員に自分の手で一人ずつ復讐していくことを心に誓った。ほとんどが地元の奴らだったので近場から片付けていって、Uは最後にしようと決めた。

「入院なんてしてられねぇ。今からやり返しにいく！」

顔も体もボッコボコに殴られてあちこち折れていたけど、入院を拒否して強引に病院から飛び出すと、早速、次の日に一人を見つけ出しぶっ飛ばした。

「あんなにボコボコにされて救急車で運ばれたのに、早速一人やられた」というニュースがすぐに広まると、大騒ぎになって残りの12人全員が逃げ出した。それからも見つけたら徹底的にカタワになるぐらいまで仕返ししたから、残された人たちは相当ビビっていたようだ。「やべぇ。次は俺じゃないか」って。

地元の奴がほとんどだったけど、ほぼ全員が携帯の番号は変えるし、家に行っても居留守を使うし、みんなが本気で逃げ回っているから、なかなか捕まえられずにいた。だから13人全員を探し出すには3年かかった。中には引っ越しちゃう奴もいた。この一連の騒動は当時、地元で大きな噂になった。自分がリンチされたってだけでも大事件だった。

この13人の中に現役のヤクザでKという奴がいたんだけど、何も関係ないのに手を出してきたので、こいつはどうしても許せなかった。Kを探すのに手間取ったけど、やっと見つけたときは8発ぶっ刺した。もうメッタ刺しだ。

自分が次々と復讐を果たしていく間、残された人たちがかなり年上の先輩に相談に行ったらしく、その先輩が仲裁に入ったけど、「いくら先輩の言うことでも、これだけは聞けません」と言って突っ撥ねた。「お前の気持ちもわかるから、殺すまではするなよ」と言われ、自分も「わかりました」と言いながら、結局8発もぶっ刺してしまった。たまたま相手が死ななかったから良かったけど、死んでいたとしてもなんら不思議ではない。

自分の復讐も残すはUだけとなった。ところが「Kが刺された」という噂を聞いたUがブルってしまい、そこからUの逃亡生活が始まる。奴に何回も接触を試みたけど、携帯電話の番号はコロコロと変えるし、家に行っても居留守を使って出て来ない。絶対にいるはずの夜中の時間帯を見計らって10回以上も家に行ったけど、一度も出て来なかった。その際に「出て来い！」などと叫んだり、ドアを蹴ったりしていたので、何度かお巡りを呼ばれた。近所からの通報か、U本人からの通報かはわからないが。

あるときに金属バットでドアをバンバンバンバン叩いていたら、警戒しちゃってその3日後に防犯カメラがついた。それ以上やったらヤバいので、なんとか人を辿って最新の携帯番号を入手し、電話をしたら一発で出た。

Kをやってから約5ヶ月、やっとUにたどり着いた。自分の番号を登録していないようだったから、Uはめちゃくちゃ焦っていた。やはりUの相棒のKを半殺しにしたことは耳にしていたようだった。

「最後はお前だけなんだけど。許さないから俺と会えよ」

「Kのことを聞いているから、会えないです」

「会えないじゃねぇよ！　会えないんだったら今から行くぞ。とにかく会わないと終わらせないからな」

散々、圧をかけたらUは「じゃあ、会います」と観念した。新宿まで行くのが面倒だから、その途中の田無にあるドトールで待ち合わせした。Uのことだからと、半信半疑でドトールに向かうと、意外にも奴は既に店内にいた。

「おい。あのときはよくもやってくれたな。テメェ、俺の時計と指輪もパクりやがって」

Uはずっと「すみません」と繰り返すだけ。

「すみませんじゃねぇよ。今日はお前のこと殺しにきたんだけど」

そう言うと、Uはガタガタガタガタと震え出した。日曜日の真っ昼間にドトールの店内でこんな物騒な話をしていたもんだから、周りもざわめき出した。

「ほんとなんでもするんで、勘弁してください」

Uはそう言うと、自分とかち合う可能性がある新宿のエリアや、西武新宿線から所沢方面には二度と行かないなど、「これで許してもらえませんか」と自分からいくつか条件を出してきた。

「そんなんじゃ許さないよ」

「土下座でもなんでもして償うんで」

「じゃあ、ここで土下座しろよ」

Uは本当にドトールの店内で土下座し始めた。「本当にすみませんでした！」とものすごくデカい声で言うから、店中の視線が自分たちに集まった。

Uを詰めている間、自分の携帯に知らない番号から何度も電話がかかってくるから「誰だこれ？」と思っていたら、Uが「あ、その番号はうちの嫁です」と。当時、Uは結婚したばかりだった。あまりにもかかってくるから出てみたら、Uの嫁が「主人が大変ご迷惑をおかけして……」と謝り出した。

「出かけるときに『もしかしたら殺されるかもしれない』と言っていたから、心配になって電話しました。なんとか許してあげてください。二度とアウトローを語らせないし、やめさせるのでお願いします」

Uの奥さんが必死に謝っているのを聞いているうちに気が変わった。本当はぶっ殺すつもりだったけど、一発も手を出さず、土下座で許してやることにした。Uがドトールで「殺さないでください」と泣きながら土下座して詫びを入れる動画を撮ることでケジメとした。

Uが自ら「歌舞伎町から西武新宿駅方面には行かない。西武新宿線には乗らない」

などと条件を出してきたが、他にも自分の彼女が働いている店など自分の活動エリアへの立ち入りを禁じ、「見かけたときは殺すからな」と釘を刺した。

このときに撮った土下座動画は、身近な人には見せてもいいけど、SNSなどで一般には公開しないという約束をした。ただそれもその後のU次第だ。

「約束を守らなかったらバラまくからな」

「それはもうしょうがないです」

これで自分も気が済んだので幕引きとした。

とりあえず友達や仲のいい先輩たちには、Uの土下座動画を送っておいた。自分以外にも「Uを許さねぇ」という人が多かったから、反響のほとんどが「よくぞやってくれた！」とか「スカッとした！」と肯定的だった。

昔からUを知る人は、「10代の頃はポン中でやばかったけど、喧嘩もできるしビッとしてた。その頃のUはすごかった」と口を揃えて言う。それに間違いはないと自分も思う。でも、みんなが言うには「刑務所を出てから変わった」と。

アウトサイダーに出場してからは特にパフォーマンスの度が過ぎて、急激にギャグみたいな男になっていった。Uの処女作『ドブネズミのバラード』にはそれなりに本当のことが書いてあるけど、『遺書』なんて嘘ばかりで、とてもじゃないけど読んでいられない。

Uへの復讐が完了するまで、丸3年もかかってしまった。仲間の中には「やっちゃえよ」と言う人がいれば、「なんなら俺も一緒にやってやるよ」と言う人もいたけど、少ないながらも自分を止めてくれる人もいた。「そんなことをしていたら、いつか逮捕されるからやめろ」と。そんなことになったらバカを見るのは俺だと。

特に自分が慕っている兄貴の同級生のアサヌマ君とヒラマツ君という二人の先輩の存在がデカかった。たとえば、「今日、Uのとこに行ってくるわ」と言うと、「一旦冷静になれ」と必死に自分を止めてくれた。この二人がストッパーになってくれていた。それまで考えたこともなかった〝我慢〟を自分に教えてくれた。Uへの復讐を我慢するなんて、受け入れることはできないけど、〝我慢〟を意識はするようになっていった。だから、殺さないで土下座で済ますことができたのだと思う。

兄貴が死んでからは、このアサヌマ君とヒラマツ君が良き兄貴であり、親友でもあり、かけがえのない存在になっていく。この二人だけが、自分に間違っている事があ

地元の仲間たち

れば説教して正してくれた。この二人の存在がなければ今の俺はない。

怒りは瞬間的なもので、日が経っていくとだんだん静まっていくのが普通だけど、自分は友達から「お前はしつこいな」とよく言われていた。自分も「俺はこういう性格だから絶対終わらせない」と返していたが、自分からすると感情と喧嘩は別の問題だ。怒りが原動力なのではなく、これはやらなくちゃいけないことだって決めているから継続できるというか。きっと周りが思うよりは冷静なのだと思う。だから格闘家Sのときもそうだが、喧嘩のときにも周りが見えている。Uとの一件は怒りというよりも、確実にやり遂げなければならないことだった。

Uを狙っている間、ずっと自分に忠告をしてくれた二人の先輩の言葉は、すぐには効果がなかったかもしれないけど、30歳を過ぎてから次第に自分にも〝我慢〟という感情が芽生えてくる。

物心ついた頃から自分は、数え切れないくらい人をぶっ飛ばしてきたけど、これから何年もかけて、少しずつブレーキがきくようになっていく。ただ35歳くらいまでは、まだまだ派手な喧嘩も多かった。

REP. TOKOROZAWA

TYSON

REP.
TOKOROZAWA
TYSON

第4章

30代からの新たな人生

K兄弟との対決

自分は30歳のときに大きな怪我をしてしまった。きっかけは些細なことだけど、リハビリを合わせて完全に復活するまで4年かかるほどのダメージを受けた。このときの怪我が世間でおかしな噂に発展しているようなので、実際のエピソードをここに書きたい。

恥ずかしい話だけど、ある日、彼女とラブホテルに入って10分くらいで口論になった。頭にきて目の前にあった分厚いガラステーブルを思いっきり踏んづけたら、ガラスが粉々に割れて、そのまま体ごと倒れ込んでしまった。

「ちょっと！　足の肉がなくなってる！」

自分自身でもやばいことになっていると感じているのに、そんなことを言われたら怖さ倍増だ。恐る恐る足を見てみたら、本当に肉がなくなったみたいにパックリと割れていて、骨とかアキレス腱が丸見えになっていた。「マジかよ！」と自分の目を疑った。

何しろ出血が半端じゃなかった。救急車が到着し担架に乗せられても、あまりにも出血が酷くて、ちょっとでも動かされると吐いてしまうのだ。結局、少し動かしては吐いての繰り返しで、救急車に乗り込むまでに1時間以上かかってしまった。

病院で緊急手術を受けて事なきを得たが、結局、足を80針も縫う大怪我だった。足の筋肉が40針、皮膚が40針の計80針、腕の20針も合わせるとちょうど１００針。手術が終わったらもう明け方だった。朝5時ぐらいに彼女の肩を借りて片足を引きずりながら病院を出た。

でも、やることをやってなかったから、その足で「もう1回行くぞ!」と別のラブホに行って仕切り直した。

その夜は先輩と遊ぶ約束をしていたので、松葉杖をつきながら家を出て、タクシーで関内のクラブに向かった。先輩にはすでに怪我のことは伝えていた。

先輩の待つクラブへと向かう車中である情報が入った。「K兄弟の弟を捕まえた」という連絡だ。横浜の先輩たちからK兄弟と揉めているということぐらいは聞いていたが、たまたま自分もその場に居合わせることになった。

店の前までタクシーを着けてもらい、ゆっくりと足を引きずりながら店内に入ると、新宿をホームとするK弟とそのツレの二人を、横浜の先輩たちが10人ほどで取り囲んでいた。暫くの間、「こっちのほうが人数が多いし、ホームタウンだし、やっちゃえばいいのに」と思いながら様子を眺めていたけど、ずっと口喧嘩が続いて、やるのかやらないのかハッキリしなかった。

相手がビッグネームだからかどうかはわからないけど、先輩たちは口では責めるものの誰も手を出さない。それが見ていられなかった。そのままじゃ埒が明かないので自分が名乗り出ることにした。

「誰もやらないなら、自分がやりましょうか？」

「なんだよ、お前。関係ないだろ」

このときはお互い初対面だった。こっちは相手が誰だかわかっているけど、向こうはわかっていなかったと思う。自分が一番年下だったから、「なんだ、この小僧」といった感じ。

自分は詳しい事情も知らないいし、関係のない立場だから、最初はずっと傍観していた。「誰かがタイマン張るのか、それとも人数に任せて全員でやっちゃうのか」と考えていたけど、いつまで経っても始まらないから、自信もあったので「だったら自分が」と名乗り出たわけだ。

結果、瞬殺。ほぼ一方的。最後はプロレス技のパワーボムみたいに持ち上げて頭から床に叩きつけたから、たぶん首の骨が折れたんじゃないかと思う。

勝ったはいいけど、なにせ足を80針縫った翌日だったから、傷口がまた開いちゃって大変だった。負けてダウンしてるK弟よりも自分の流血のほうがひどいので、こっちが周りから「大丈夫?」と心配されてしまった。

その日は足が痛くて歩けないから、車で家まで送ってもらった。医

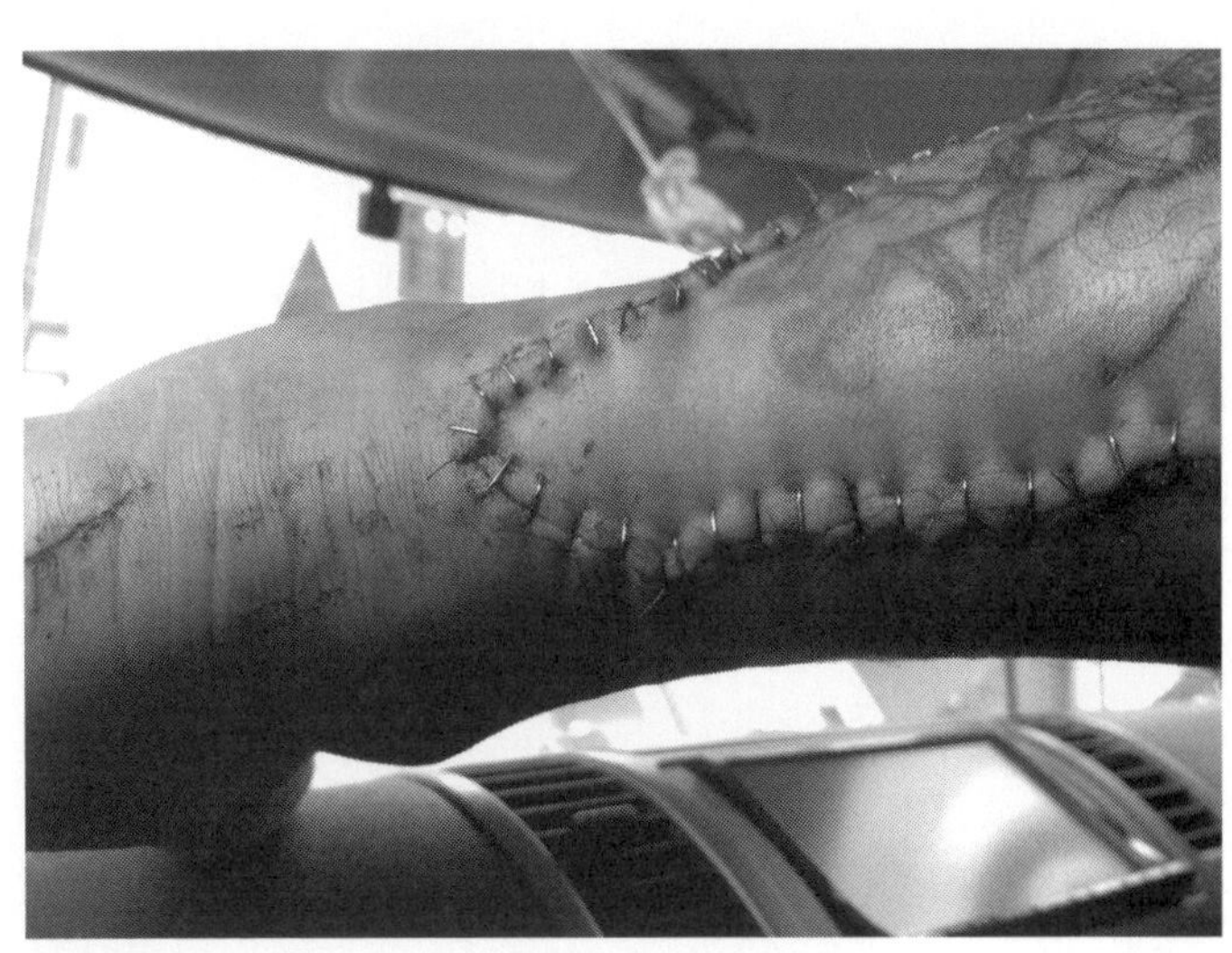

手術の翌日。この状態でK兄弟の弟とタイマンを張った

療用ホチキスが取れてしまっていたから、翌日に病院で縫い直してもらった。

この怪我が「関東連合にやられた傷なんじゃないか」という噂になっているようだけど、これが嘘偽りのないエピソードだ。

この足のリハビリにはかなりの時間がかかった。31歳から35歳までの4年ぐらいは、足を引きずって歩かなくちゃならないほど回復に長引いた。その間は建築現場で仕事ができる状態じゃなかったから、生活のために地元の先輩から紹介されたちょっとグレーな仕事をするしかない時期もあったが、足が回復してからは真面目に建築関係の仕事に就いている。

最近、Zという胡散臭い男が、まるで自分がオレオレ詐欺の出し子をしていたという事実無根のデマをSNSで拡散しているようだが、完全に否定しておく。グレーな仕事だったが、他人を騙すようなことはしていない。ひどい印象操作だ。

誰に頼まれたのか知らないが、いくらネットで工作活動をしていても、嘘はいずれバレる。依頼主共々、恥ずかしくない生き方をしてほしい。

すぐに刺してくる外国人

自分は足のリハビリをしている間も、以前よりは激しくはないものの、相変わらず喧嘩には精を出していた。前の章で書いた新大久保のときのように相手が外国人というケースも増えたけど、そういったときには刃物が飛び出すことが多いので注意が必要だ。

これは5年ほど前、錦糸町のキャバクラで先輩たちと飲んでいたときの話だ。その店はチャイニーズ系組織のテリトリーなんだけど、少し離れた席で中国人の不良グループが飲んでいた。

一緒にいた先輩がその中国人グループの中に顔見知りがいるのに気づき、「おう!」と声をかけると、一人の中国人が自分たちの席にやって来た。そいつは自分がカラオケを歌っているのを気にも留めず、先輩とベラベラと話し始めたかと思うと、「うるせえな」と言ってカラオケを切ったもんだからブチっときた。

その中国人と言い合いになって「ふざけんなよ」と言って自分が立ち上がった瞬間のことだ。そいつが自分の目ん玉を目掛けてナイフで襲ってきた。なんとか目は避け

REP. TOKOROZAWA TYSON

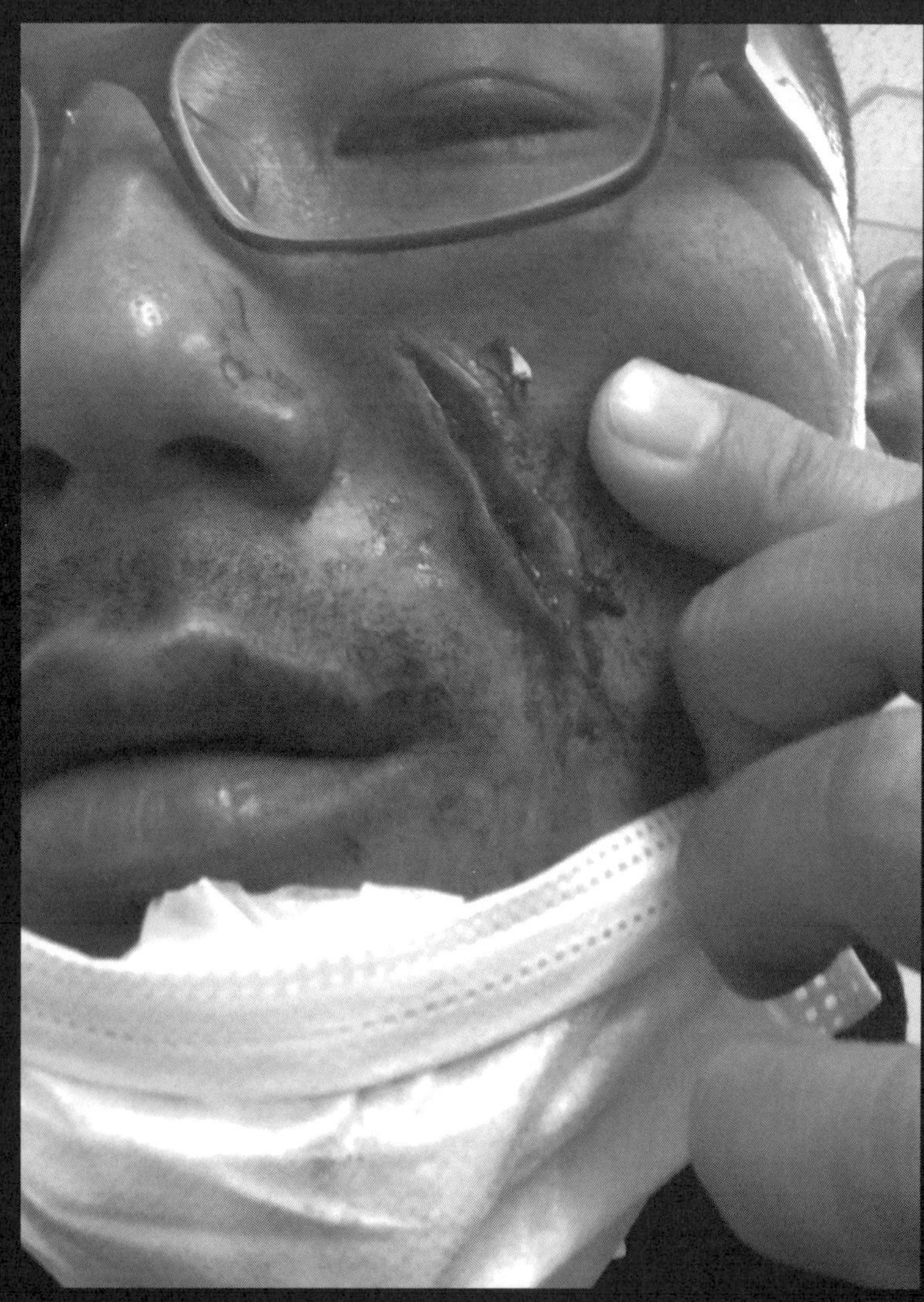

中国人グループから刺されたときの傷

ることができたが、頬に深く突き刺さり、顔面がパックリと割れてしまった。

反応が少しでも遅れていたら、本当にヤバかった。ものすごく痛かったが、傷の深さよりも、刺されたときの衝撃のほうが強烈だった。それから揉みくちゃになってそいつからナイフを奪い取り、相手の首に思い切りぶっ刺してやった。

このいざこざが、お互いの周りから様々な人が出てくる大騒動になってしまった。このときもそうだが、いざ喧嘩となると、自分は相手が死のうがどうなろうが構わない。だけど、いつもギリギリで助かっている。このときの相手も命は助かったけど、かなりの重症で3日間くらい昏睡状態だった。結局、このときもF先輩が動いてくれて相手とは和解することができた。

この事件の少し後の話だけど、自分は別の外国人グループから腕も刺されている。現在の地元、狭山でのことだ。

朝方にタバコを買いに行ったら、見覚えのあるアジア系の男二人組が自分に寄って来たかと思うと、何語かわからないけど一言二言、話しかけてきた後、いきなりナイフで刺してきた。一人は捕まえてぶん殴ったけどすぐに起き上がり、二人で慌てて逃げて行った。ナイフが刺さったままでは追いかけられないから、自分でナイフを抜き、そのまま病院に行って縫ってもらった。

その二人組はそれまで2、3回見たことがあったけど、この事件以来、見かけていない。知りもしない外国人がすれ違いざまにいきなり刺してくるなんて、誰かから頼まれて自分を狙っていたとしか思えない。これまで散々派手に暴れ回ってきたのだから、誰かしらの恨みは買っているだろう。

知り合いの組の連中が「見つけたら殺してやるよ」と探し回ってくれたけど、結局は見つからなかった。刺された数日前にある組の組長代行をスナックでぶっ飛ばしていたから、それかとも思ったが、それ以前からその外国人を目撃していたので、関係するとも思えない。未だに真相は闇の中だ。

話は変わるが、最近は現役のヤクザでも警察に被害届を出すと知って驚いた。数年前に現役のヤクザをぶっ飛ばしたときに警察からパクられてしまった。相手が相手だしすぐに釈放されたけど、現役のヤクザが素人相手に代紋名乗って、自分から喧嘩しかけてきておいて、負けたからって警察にチクるなんて信じられなかった。

「今のヤクザって被害届出すんですね」

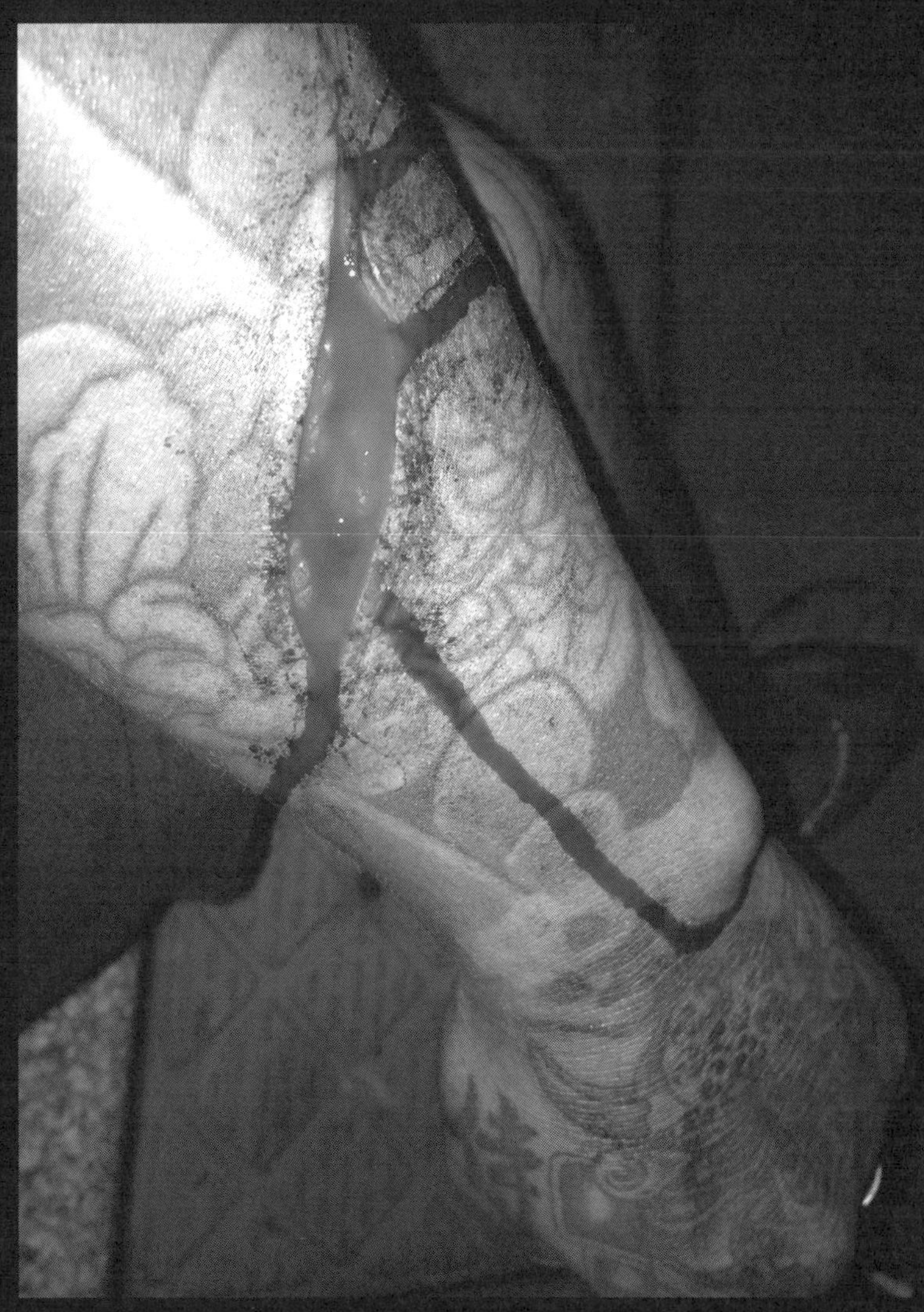

狭山で外国人グループに襲われたときの傷

「そうだよ。あいつら根性ないから、出すやつは出すよ」

先輩からそう言われたけど、自分にはそんな頭なんてなかったから、面食らってしまった。

これはまた別件だが、自分の地元の狭山にある組織とも揉めたことがあるけど、これ以上やりあっても埒が明かないということで組長と話し合うことになり、「お互いに関わらない」という協定ができた。

このときのことも変に話が伝わっているようで、つい先日、1つ下の彫り師の後輩から「そういえば、狭山の事務所に乗り込んでぶっ飛ばしました？」と聞かれた。

「久保さんが狭山の事務所に乗り込んで、若い衆をぶっ飛ばしたって噂になってますよ」

地元ではそういうことになっているというから噂は怖い。

「俺がそんなことするわけないじゃん」と返したけど、自分ならやりかねないと思われていたようだ。だけど、どんな噂が立とうと、自分はまったく気にしない。しょっちゅう色んな噂が立てられているから、気にしていたらキリがない。ネットの書き込みなんかを友達が面白がって教えてくれるから、それを見てクスッと笑うぐらい。身近な奴らが真実を知っているから、それでいいかなと思っている。

だから、噂のせいで学校に行けないような子供たちには、そんなことは気にしないで、負けないで生きていってほしいと思う。

心境の変化と割腹自殺

兄貴の同級生の二人のおかげで、少しは〝我慢〟がきくようになったものの30歳を過ぎてからも、毎年のように傷害でパクられた。

その度にお袋を悲しませてきた。そして自分の彼女も捕まるたびに面会に来てくれたり、自分のためにいろいろと動き回ってくれた。この二人にものすごく迷惑をかけてしまい「申し訳ない」という感情が自分に芽生えてきた。「いい歳して、このままじゃヤバい」と真剣に将来を考えるようになっていった。

足の怪我も回復したので、まずはまともな仕事を探そうと思って動いてみたものの、こんな刺青だらけの人間を雇ってくれる会社はなかった。面接に行っては刺青を理由に断られ続けたので、事前に刺青が入っていることを告げるようにした。そうすれば無駄に面接に行かなくても済む。すると一社だけ「気にしないから面接に来てくれ」と言ってくれた。自分はその防水工事の会社に勤めることになった。

それまではずっと暴れてきたから、「心を入れ替えて真っ当に生きよう」と思った矢先のことだった。

2018年9月、自分でも何を血迷ってそんな行動を取ったのか覚えていないが、突然、すべてが嫌になってしまい、衝動的に包丁を持って家から飛び出すと、自宅マンションの前で服を脱いで自らの腹にぶっ刺し、そのまま包丁で腹を思いっきり縦に引き裂いた。そこで自分の記憶が途絶えた。

気がつくと病院のベッドの上にいて、医者と母親が自分の脇にいた。手術は終わっているようで、自分は死に損なったことを知った。

「やべえ、死ねなかったか……心臓を刺せば一発で逝けたのに……何やってんだ」

中途半端なことをして死ねなかったことを後悔して、つい口から出てしまった言葉だった。するといつも穏やかなお袋が珍しく怒り出した。

「何言ってんの！　卓也（兄）も亡くなって、その悲しみを知っているくせに、なん

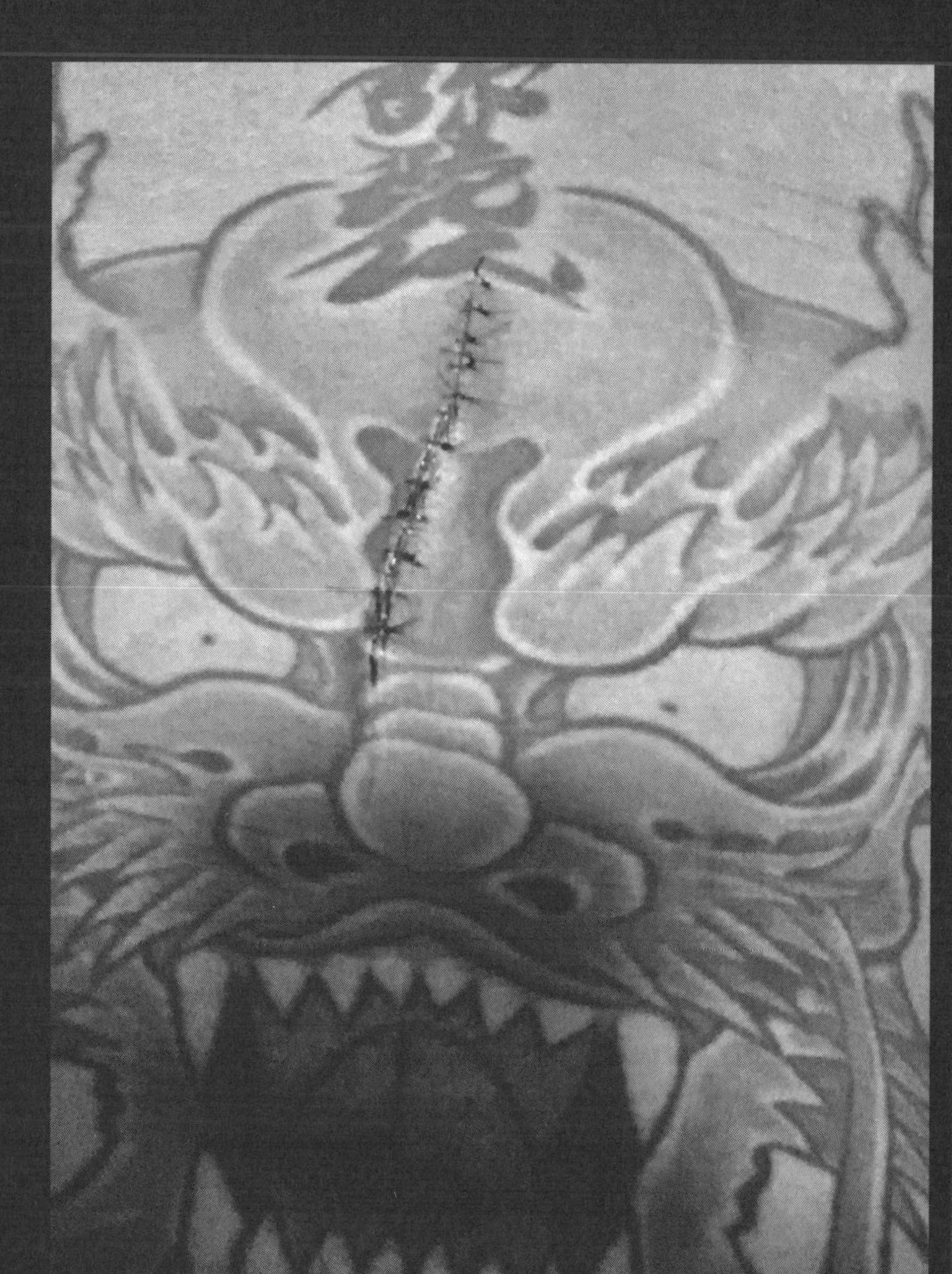

でこんなことするのよ！」

お袋から説教されるなんていつ以来だろうか。兄貴が亡くなっているのに、自分までいなくなったら、お袋はどんな思いをするのだろう。そんな思いが自分の頭をよぎった。

その2、3日後、見舞いに来てくれた兄貴の同級生のアサヌマ君とヒラマツ君からも「二度とやるなよ」とこっぴどく叱られた。

このときに自分は、生まれて初めて他人に弱い部分を見せることができた。地元の仲間から無敵でスーパーマンみたいに思われている俺だって、悩むことはあるし苦しいことだってある。こんな当たり前のことを初めて言えたのだ。自分の中に溜まっていた感情を吐き出すことができて、気分がスッキリとした。

地元では頼られる存在で、リーダーとしていつも人の話を聞いたり、問題を解決したりという立場だったから、自分の悩みはこのときまで誰にも言えなかった。「自分だけは強くいなければならない」と思い込みながら、それまでずっと気を張って生きてきたけど、仕事や恋愛などすべての問題が重なってしまい、人生で唯一「死にたい」と思った瞬間、包丁を手にしていたというのが実の話だ。

入院のことを社長にも連絡しないといけない。

「入って早々にすみません。喧嘩して刺されたから、しばらく仕事休みます」

「大丈夫？　お見舞い行こうか」

入院中なのでＬＩＮＥでのやり取りだったけど、やはり嘘を吐くのに気が引けた。

「すみません、社長。さっきは刺されたと言いましたけど、本当は自分でやったんです」

「そうか。何があったか知らないけど、とにかく死ななくてよかった。ゆっくりでもいいからきちんと治して。待っているから必ず復帰しろよ」

いい社長に恵まれたと思う。母親や彼女、先輩や社長のおかげで、頑なだった自分の考え方が変わった。心を入れ替えて生きる決意ができた。今更ながら、もう喧嘩をしないと決意した。それからはまだ2年半ほどだけど、防水関係の仕事にもずっと真面目に取り組んでいるし、パクられてもいない。


ただそう上手くはいかないのが現実だ。２０２０年の年末につい辛抱できなくて久しぶりに手を出してしまった。先輩から忘年会に呼ばれて新宿に行ったときのことだ。予め「Ａっていう人が酒癖悪いから気をつけて」というメールが入っていて、「初対面だし面倒くさいな」とは思っていた。

Aは案の定、酒を飲むと騒ぎ出し、誰にでも絡んでいった。そのうち自分にも絡んできて、最初はいなしていたけど、あまりにもしつこいのでイライラしてきた。Aが帰る素振りを見せたのでホッとしていたら、立ち上がって自分の財布を「邪魔だな」と言って蹴ったもんだから、久しぶりにブチンときてしまった。

「俺が外まで送ってきますよ」

そう言って表に出た瞬間、そいつをぶん殴った。その一発が、たまたまテンプルに入ってしまい、そのまま失神したかと思うと、おかしなイビキをかき始めた。自分と一緒に見送りに出ていた人が「とりあえず俺が病院に連れて行くわ」と言ってくれたので、自分はそのまま居酒屋に戻ると、このことを報告した。するとみんなが「ヤバいよ、お前それ」と。翌日になってAが脳挫傷で入院したと聞き、先輩からは「お前、自分の力を考えろよ」ときつく諫(いさ)められた。

年明けにAの見舞いに行くと、手術した後だったのでまだボーッとしていた。たった一発だったけど、もう少し当たりどころが悪かったら死んでいたかもしれなかった。本当に危なかったが、謝罪をして許してもらった。まだまだ自分の感情をコントロールできていないと反省した。

物心ついてからというもの、自分ほど人をぶん殴った人間はいないというくらい喧嘩をしてきたが、ここ最近の2年半ではこの一件だけ。最近は懐かしい友達に会うと、「なんか変わったね」とか「優しくなったね」と言われるようになった。自分では意識していないけど、顔つきが変わったようだ。

大きな怪我から復活して、やっとまともな仕事ができるようになって、今は特に怒りも不満もない。まったく我慢ができなかった人間が、まだまだだけど少しは我慢が身についてきて、ちょっとしたことではイライラすることがなくなった。

最近の自分を見て、お袋が安心してくれているのが何よりだ。これまではまったく喋ることがなかったのに、最近はお袋との会話が増えた。

これだけ勝手気ままに喧嘩三昧の人生を送っておいて、この歳になってから遅いかもしれないが、人の気持ちとか思いやりとか我慢とかを今やっと覚えてきて、こんな自分でも変われるんだということを伝えたい。

何かに悩んでいたり、苦しんでいたり、そういう人でも、ほんの少しのキッカケで人生は変えられるということをぜひ知ってほしい。

チンコロで逮捕

実はここまでの文章は2021年2月の段階でほとんど完成していた。あともう少し加筆して出版という段取りだったが、思いもしない出来事に襲われた。ここからこの件のすべての経緯を事実に則って正直に書きたい。

俺とUとのトラブルは前に書いたように、Uがドトールで土下座をして謝罪することで一件落着とした。それは間違いのない事実だ。

ただし、その際に交わした禁止事項があって、新宿での行動エリアの棲み分けだとか、自分の行きつけの店に顔を出さないとか、西武新宿線には乗らないとか、とにかくUと自分が今後二度と会うことがないようにするための決め事だった。

その条件も泣きながら土下座して「これで許してください」とあいつから提示してきたものだ。自分としては、あいつが約束を破らない限り、土下座動画を公開しないという約束をした。

ところがUは簡単に約束を破った。

つるんでいたときも酒を飲んで気が大きくなると、組関係から出入りを禁じられた歌舞伎町に「関係ねぇよ」と言って入って行くUの姿を何度も見てきたけど、奴はその頃と何も変わっていなかった。いつもその場しのぎだ。泣いてブルブル震えながら誓った約束もすべて反故。Uが居てはいけないはずの地域や店に、普通に顔を出していることを知った。

とは言え、いちいち連絡を取ってまでUに文句を言うことまでしたくないから、俺は奴の土下座から3年、約束を守り続けた。

そして、2020年9月22日、奴のYouTubeチャンネルにアップされた動画で、収まっていたものが一気に動き出した。Uがこの本をプロデュースしてくれたチカーノKEIさんのことを一方的かつ理不尽にこき下ろしたのだ。

YouTubeのコメント欄に「KEIさんとコラボしないんですか」という無邪気な書き込みがあったらしく、それに対しUが「なんで俺がそこらの海外のムショに入ったおっさんとコラボしなくちゃならないんだ」という不用意な発言をした。さらに調子に乗って「(俺とコラボしたかったら)列をなして並んでろ。将軍と足軽隊の違いがあるんだから」と。

コメント欄にファンが書き込んだだけで、KEIさんはUとのコラボなんて望むど

REP. TOKOROZAWA TYSON

ころか想像したこともないし、Uについて一言も発してさえいない。そんなKEIさんに対してここまで言う必要があるか。

昔はとんでもない不良だったけど、アメリカの刑務所を出てからは一貫して社会奉仕活動をしているKEIさんのことを尊敬して慕っている人は多い。この軽率なUの言動で俺も腹が立ったし、他にもUに恨みを持っている人たちにくすぶっていた感情を刺激した。

俺はKEIさんに対する発言が許せなかったので、3年ぶりにUに電話をした。Uは都合が悪いと電話に出ないが、このときも何度かけても出なかった。それで「お前、KEIさんのこと悪く言ってんじゃねぇよ」などとショートメールを入れたけど、1回も返信がない。

そして、このタイミングである先輩から俺に久しぶりに連絡がきた。KEIさんの一件のことを話すと、「あいつ、またそんなことやってんだ。ブログで一方的に悪口書いて問題起こしていた頃と何も変わってないじゃん」と自身もUに裏切られた経験がある先輩の怒りが再燃したが、Uは先輩の電話にも一切無視を決め込んだ。

先輩はメールを打つのが苦手と言うので、自分が代わりにUにショートメールを送った。それが8通。その後、Uが先輩の電話に1回だけ出たときに、「誤解ですよ。広海に空気入れられてるんじゃないですか」と言い逃れしようとしたことを聞いて、俺は「なんだそれ！」とブチっとキレてしまった。

それで感情的になって最後に「俺が空気入れてるって、お前ふざけんなよ」などとU宛に送ったショートメールが3通。ところがなんの反応もないので、自分はバカバカしくなってUに連絡することを一切やめた。この間、1ヶ月とちょっと。この合計11通のショートメールが後に大きな事件に発展する。

周りからも「あんな奴、放っておけよ」などと言われていたし、自分としてもUに構わずに前に進んでいこうと心に決めていた。自分の好きな言葉であり課題でもある〝我慢〟を教えてくれたKEIさんのように、迷える人の為になる活動をしようと思った。一人や二人でもいいから、道を踏み外しそうな人を救えればいいなと。

自分はKEIさんの最初の本『KEI　チカーノになった日本人』が出版された頃に存在を知って、KEIさんが経営していた寒川の店に電話したのが今から10年ほど前。KEIさんは出掛けていたけど、自分の携帯番号をスタッフに伝えておいたらすぐに電話がかかってきた。

当時の自分には我慢との葛藤があって、KEIさんとは我慢をテーマに話をした。あんな壮絶な人生を歩んできた人の言葉だから重みもあって、いろいろと心に響いた。それまで好き勝手やって生きてきたので、我慢なんてしたことなかったし、今でもできているかというと疑問だけど、KEIさんと話したおかげで我慢という意識が確実に自分に生まれた。それまでなんとも思ってなかったけど、だんだんと慣れてきて、今では常に〝我慢〟という言葉が頭の片隅にある。

もう3年近くは真面目に過ごしてきたし、自分もKEIさんのように自身の経験を活かして、少しでも人の役に立つ活動を始めようと思っていた。

KEIさんから出版の話を提案され、東京キララ社の社長を紹介してもらって電話で話したのが2020年の年末。1月からインタビューを開始してもらい、週2回のペースで続けていた。そして、この本を書いている間に「街録ch」というYouTubeチャンネルから取材されて、1月の終わりに公開されると、それが一瞬でバズった。

ちょうどこの頃、自分はSNSを始めていた。それまで苦手だったけど、これからいろいろと活動していくことを考えて、最初は鍵アカウントでインスタグラムをやり始めた。防水の仕事も板についてきて、人生は前向きに進んでいるはずだった。そんなときにまた頭にくる事実を知った。

あれほど近づかないと言っていたのに、Uは所沢にまで来ていたのだ。舐めてるとしか思えない。自分の彼女の店にも顔を出していることもわかり、「いい加減にしろよ」と思った。だから警告の意味を込めて、鍵アカのインスタで、ストーリーにUの土下座写真を5分だけアップしてすぐに削除した。

俺の中の優しさから、「これを見た誰かからUの耳に伝わるだろう」と思

Mr.KEIと著者

って。しかし、まさかそのスクリーンショットがネット上に出回るとは思わなかった。「仲間内ではいいけど、ＳＮＳではやめてくれ」と言われてはいたけど、ここまでこっち側の約束をことごとく破ったのはＵなのだから、とやかく言われる筋合いはない。

２０２１年2月16日のこと。いつものように地元のドトールでコーヒーを飲んでいたら、近くに男女の客がいて、その男のほうが自分に近寄って来た。

そいつはいかつい感じだったたし、明らかにこっちに向かって来ているから、俺も立ち上がって「やんのか？」と身構えた。店の外にも屈強な男が7人くらいいて、その中の一人で１２０キロはありそうな男が慌てて入って来て、手帳を出した。

「違う違う、警察だ！」

もう少し遅かったら、ぶん殴っているところだ。危なかった。

「ちょっと話を聞いてくれる？　Ｕの件だけど、心当たりあるでしょ？」

そうは言うけど、正直、自分には何も思い浮かばなかった。一瞬、あの土下座写真かなとも思ったけど、それにしてはアップしたばかりだし、早過ぎると思った。

「これに見覚えあるだろう」

そう言ってお巡りから見せられたのが、前年の9月に自分がU宛に送ったショートメールだった。

「ああ、これね。確かにそうだ。送ったね」

送ってから5ヶ月くらい経つし、まったく忘れていた。話を聞くと、自分に2ヶ月ほど内定が入っていたそうだ。「いついつに誰々とどこどこの日焼けサロンに行ってたでしょ」などと言われ、ずっと監視されていたことを知らされた。だから、この時間にこのドトールに来ることもわかっていたということだ。

自分のこれまでの傷害での逮捕歴を知っているから、暴れることを警戒して120キロはありそうなお巡りをそれだけの人数揃えて来ていたというわけだ。

逮捕状に書かれた罪状は脅迫。店内ではなんだからと、店を出て車に乗せられてから手錠をかけられた。自分を捕まえに来ていたのはマル暴だったんだけど、「俺らもこんなつまんないことで動きたくないんだけど、ごめんね」となぜか俺の味方をしてくれていた。

話を聞くと、Uから被害届が出たけど、警察からすると相手も相手だし、内容も内容なので、最初は蹴っていたらしい。それをUがしつこく言って来るから、動かざるを得なくなったという。

「うちらもこんなことやりたくないんだよ。でも裁判所の判断だから」

こんな感じで、最初から最後までお巡りは自分の味方をしてくれた。ただ検察はそうはいかなかった。

自分がこれまで捕まったのは埼玉で、東京では初めてだった。それまではその事件だけの調書を取られるだけだったけど、四谷署では事件だけでなく、どこで生まれてどうやって育ったかという生い立ちの調書も書かなければならない。それこそ小学4年生からの補導歴から前歴がすべて出てきて、検事からすると自分の印象がとにかく悪い。自業自得と言われればそれまでだけど。

取り調べを受けて、なぜ自分の逮捕にマル暴が動いたのかを知った。マル暴には半グレの相関図があって、関東連合とかK兄弟なんかがそれぞれ写真付きでどことどこが敵対しているなどが書かれていたが、その端っこに自分も載っていた。昔にパクられたときの写真付きでK兄弟と対立する図になっていた。自分はどこの集団にも属していないのに、K兄弟との対立構造があったから、半グレのカテゴリーに入れられたということだった。だからマル暴の管轄となったのだ。

お巡りも弁護士も最初は「2日間で出られるだろう」と言っていたけど、まさかの10日間の延長拘留。そしてさらに10日間の再拘留となった。このときはお巡りでさえ「なんでだ?」と言っていたけど、自分ではうっすらと予感していた。自分の生い立ちの調書の印象が悪過ぎることが気になっていた。

結局、自分は合計18日間、留置されることとなった。その間はずっと独居で過ごした。誰とも接触できないけど、風呂は一番風呂という特別扱いもあって、ある程度の融通もきく。他の人たちはみんなで運動をする時間なんかがあるけど、自分はずっと独りだから、2、3日すると、誰かとしゃべりたくなって、お巡りを捕まえて雑談したりしていた。

また、警視庁でも自分の逮捕が話題になっていたようで、いろんな課から「お前がタイソンか」と珍しげに自分を見に来るので、少しは気分が紛れた。中には自分のファンだという人もいて、「本が出たら買うので、そのときはサインください」と言ってくれた。

話は逸れるけど、拘留中にお巡りを困らせてしまったことがある。不思議な出来事なので、そのエピソードを書きたい。

ある日、なかなか眠れないので、看守を呼んで睡眠薬をもらって就寝した。すると次の朝、6時半に看守から起こされて、「13番さん、勘弁してくださいよ」と言われた。「なんのことだろう?」と思って話を聞いてみたら、まったく記憶にないんだけど、3時頃に起き出した自分が「お巡り来いよ。俺の携帯がないから鳴らせ」と真顔で言っていたという。

携帯電話なんて捕まったときに押収されているのだから、持っているはずはないんだけど、どうも本気で言っていたようで、看守がそれをいくら自分に説明しても1時間ぐらい納得しなかったらしい。自分には一切記憶がないけど、「ああ、すみません」と謝った。

次の日も睡眠薬を飲んで寝たんだけど、やはり3時頃に起きて「お前、ちょっと来い」と言って、また看守を呼んだという。

「タバコ1本くんねぇ」

「無理です」

「なんで無理なの」

「いや、持ってないから」

「持ってないなら、買って来いよ」

看守曰く、こんなやり取りにまた1時間ぐらい付き合わされ、それでやっと疲れたようで寝てくれたという。俺はまた朝の6時半に起こされて「もう勘弁してくださいよ、今度はタバコ買って来いだとか」と文句を言われた。前日と同じくまったく記憶はないけど、若い看守には悪いことをしたと思う。


実を言うと、拘留の途中で示談の話もあったけど、Uから弁護士を通して「本を出すな」という条件を出してきたので自分から蹴ってやった。拘留も長引いているし、逮捕されていることで周りに迷惑も心配もかけちゃっているから、最初は早く示談しようと思っていたけど、「だったら、示談なんてもういいよ」と考えが変わった。そういう要求をするなら俺は一切曲げられない。俺は本を絶対に出すし、そこですべての事実を書くと誓った。

それにしても警察の調査能力には驚いた。自分がUに送ったショートメールが誰から頼まれたのかまでお巡りは知っていた。自分は最初からその人の名前を出すつもりなんてなかったけど、調書にサインするときに「本当にいいのか？」とお巡りから自分に聞いてきた。

「自分は誰かと違ってチンコロなんてしませんから」

頼まれたとは言え、ショートメールを送ったのは自分だし、そんな恥ずかしい真似は俺にはできない。起訴されることが決まってからも、「お前、このままだと起訴されるけど、それでも一人で被るの？」と何度も言われた。先輩の名前を出せば起訴は逃れられるとも言われたけど、「実刑食らってもいいんで、自分が全部背負います」と答え続けた。

四谷署の人たちもそんな自分のスタンスを「男だな」と言って認めてくれた。マル暴の人たちも味方になってくれて、自分に会いに来て励ましてくれた。

結果、略式起訴の罰金刑で10万円の支払いが命じられた。本来なら裁判所で釈放になるんだけど、マル暴が「最後にちゃんと駅まで送りますよ」と言ってくれて、一旦、四谷署に戻ってから自分を送ってくれた。

シャバに出て、拘留されていた18日間に起こった出来事をいろいろと知った。Uがテメェの YouTube でまた好き勝手にデタラメを言っていて、俺が何年もUをストーキングしていたという話がでっち上げられていた。俺があいつの土下座の後にコンタクトを試みたのは、その3年後に11通のショートメールを送ったあの1ヶ月間だけだ。警察の調書にも、その事実がすべて書かれている。

「新宿で見かけたら、ただじゃおかねぇぞ」という内容が脅迫に当たると言われたけど、俺からしたら、Uが自ら「こうするから許してください」と土下座までして言ってきた条件だ。それなのに奴は一方的に破り続けたんだから、「それぐらい言われて当たり前だろう」という気持ちでしかない。

アウトローのカリスマとか名乗ってるくせに、警察にチンコロしたり、都合よく弱者のふりをしたりしないでほしい。しかもUが電話にもメールにも応じずに逃げ回っているから1ヶ月続いただけだし、それをストーカーというレッテルを貼って印象操作するやり口がなんとも汚い。

考えてみると、Uの性格からしていろいろと勘ぐり過ぎて妄想が膨らんでいたんじゃないかと思う。たまたま近所を通ったバイクの音を聞いて、関東連合に狙われていると思い込んでいたときのように。もしかすると、俺と先輩がタッグを組んでいるとでも思ってたんじゃないかな。KEIさんまでグルだと疑ってたほどだから。

REP. TOKOROZAWA TYSON

そんな妄想から勝手に恐怖心を抱いて、勝手に精神的に追い詰められて、その挙句にお巡りにチンコロ。おかげで真面目に続けてきた防水関係の仕事もクビになってしまった。

Uは俺を犯罪者で自分は被害者だとアピールするけど、犯罪者になってでも俺は人を売りたくなかった。大事なものを売ってまで助かろうとは思わなかった。

俺はUとは違う。絶対に仲間は売らない。たとえ感謝されずにひどい態度を取られたとしても、ぜんぶ俺の責任で背負うと決めたからには、チンコロなんかせずに先輩の分も被る。それだけだ。

留置所から出て来てから、もう少しで完成というところで止まっていたこの本の続きに取り掛かった。最初は「本を出すなら、Uのことは全部暴露しちゃおう」と思っていたけど、気が変わってきた。捕まって良かったとまでは言わないけど、頭を切り替えるいいきっかけになった。今ではもう二度とこれまでと同じような間違いは起こさない自信がある。

すべてもう済んだことだし、これはあくまでも自分の本であって、あいつの本にはしたくない。ただ、長年一緒にいたからこそ、いいところも悪いところもすべてわかっているし、どうしても書かなければいけないエピソードもある。

そこで出来事を説明するのに必要最小限の事柄に絞って書かせてもらうことにした。これがあいつのことに触れる最後の機会になると思う。最後に事実をすべて語って終わりにしたい。

これを読んでどう思うかはすべて読者に任せたい。どっちが正しいとか、どっちの味方をしろとか言わない。わかる人がわかってくれればそれでいい。嘘は必ずめくれる。これからの行いも見て判断してほしい。

REP. TOKOROZAWA

TYSON

あとがき

自分は青少年の育成や家庭の問題などのカウンセリングをボランティアで行っているが、その理由は純粋に自分と同じような境遇で育った人たちを救いたいからだ。自分の場合、幼い頃に母親から育児放棄されたことで人生の歯車が狂っていき、暴走族、少年ヤクザを経て歌舞伎町でヤクザとしてデビューを果たした。そして、バブルという時代の波に乗りシノギの才能を開花させた。

好き勝手に生きてきた報いは訪れる。自分はＦＢＩの囮捜査で捕まり、アメリカの刑務所に10年以上服役するハメになった。生きるか死ぬかのプリズン生活だ。

人種ごとに徒党を組むプリズンで唯一人の日本人だった自分は、メキシコ系アメリカ人のギャング〝チカーノ〟の仲間になってから、人生観がガラリと変わった。バブルで〝金〟がすべてになってしまった日本のヤクザと違い、チカーノは家族愛や仲間との絆を大切にする奴らだった。

大切なものに気づかされた自分は、プリズン内でカウンセリングなどのプログラムを受講し、アメリカの刑務所を出てから20年間、一貫してカウンセリングのボランティア活動をしている。

そのボランティア活動を通じて自分が久保君と知り合ったのは10年ほど前。相談のテーマは〝我慢〟だった。我慢こそ、自分が立ち直るためにもっとも覚えなければならないことだったから、彼の気持ちは十分過ぎるほど理解できた。

この本を読んだ方はもうおわかりだと思うが、久保君は真っ直ぐな心の持ち主だからこそ、不器用で空回りをする人生を歩んできた。すぐに腹を立ててしまい我慢ができないから、職場が長続きしないこともあった。きっと笑顔の少ない人生だったのだろう。

でも、今の久保君のYouTubeチャンネルでは、彼がいつも楽しそうに笑っている姿を目にする。人生には3回チャンスがあると言われていて、中にはそれに気づかない人もいるが、久保君はすでにチャンスの1つを掴みかけている。これからの彼の進化にも期待している。

久保君の場合、35歳で我慢の大切さに気づき始め、38歳の現在は以前とは比べ物にならないぐらい人間としての成長を遂げている。その年齢で気づくことができた久保君はマシなほうかもしれない。自分はその年齢のときにはまだアメリカの刑務所の中にいたのだから。

更生のチャンスに早いも遅いもない。大切なことに気づいた人、我慢を覚えた人には、新しい人生が待ち受けていることを知ってほしい。

道に迷った人たちに希望を与えるのが自分の使命だし、これからは同じ使命を久保君にも背負っていってもらいたい。それが好き勝手に生きてきた人間がすべき、社会への恩返しだと思っている。

２０２１年４月

ＫＥＩ

マーケティングなんかクソ喰らえ！　数々の話題作を発表し続ける反社会的社会派出版社が自信をもっておすすめする一冊！

ホタテのお父さん

著者：安岡力斗

りっくんの肝臓パパに半分くれますか？
いいよ、全部くれてやる――。

長男誕生をきっかけに、芸能界一の暴れん坊から優しいパパへと変身した安岡力也。離婚～クレーマークレーマー生活～ギランバレー症候群～親子間での肝臓移植。息子・力斗が語る、愛と涙で綴る究極の親子秘話。

芸能 / ノンフィクション

定価：本体 1,600 円（税別）　四六判 / 並製 /224 頁　ISBN 978-4-903883-06-9

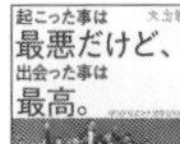

起こった事は最悪だけど、出会った事は最高。

著者：大圡雅宏

使命感、スピード、ネットワーク、責任感。動く支援と支える支援。HIPHOP被災地支援隊BOND & JUSTICE 10年間の軌跡。地域の再建、復興の要とは。ノウハウと教訓と交流をまとめた1冊。

ノンフィクション

定価：本体 1,600 円（税別）　四六判 / 並製 / 200 頁　ISBN 978-4-903883-54-0

THE DEAD

著者：釣崎清隆

常に表現規制やタブーに向き合いながら活動を続けてきた著者が、あらためて“死”をテーマに挑んだ国産無修正オールカラー死体写真集。限定1000部。

写真集

定価：本体 7,000 円（税別）　A4 判 / 上製 / 208 頁 函入　ISBN 978-4-903883-35-9

築地魚河岸ブルース

著者：沼田 学

築地の魅力は人にあり！ 移転問題で注目が集まった築地市場、カメラマン・沼田学の心を奪ったのは働く人たちの「顔」！ ターレーを乗り回すイカした佇まいと人生が刻み込まれたいい顔満載のポートレート集。

写真集

定価：本体 2,000 円（税別）　A5 判 / 並製 / 144 頁　ISBN978-4-903883-26-7

カニバの弟

著者：佐川 純

パリ人肉事件佐川一政の実弟・佐川純が赤裸々に語る、兄・一政との絆、事件後に一変した家族の生活、映画『カニバ』撮影中に告白した衝撃的な性癖……驚愕の手記！

ノンフィクション

定価：本体 1,500 円（税別）　四六判 / 並製 / 192 頁　ISBN 978-4-903883-45-8

旧共産遺産

著者：星野 藍

ケレンフェルド発電所、人民蜂起記念碑、サラエボ五輪跡、自由の記念碑……。バルカン半島を中心とした旧共産圏に点在する奇抜な廃墟と朽ちゆくスポメニック（戦争記念碑）を撮影した写真集。

写真集

定価：本体 2,500 円（税別）　B5 判変型 / 並製 / 144 頁　ISBN 978-4-903883-43-4

BATTLESHIP ISLAND 軍艦島

著者：マツモトケイイチロウ

その特異な外観と歴史で、国内外の多くの人を魅了する、軍艦島の魅力を詰め込んだ一冊。軍艦島をこよなく愛する著者が、その圧倒的な美を最大限に引き出し、観るものを別次元へと引き込む至極の写真集。

写真集

定価：本体 1,800 円（税別）　A5 判 / 並製 / 128 頁　ISBN 978-4-903883-12-0

久保広海（くぼ ひろうみ）

1982（昭和57）年、所沢生まれ。並木東小学校卒業。所沢中央中学に入学するも通ったのは1年間だけで、他校との喧嘩に明け暮れる。15歳で所沢の中学を制覇。以後、勢力圏を広げていき、ステゴロ上等、タイマン無敗の「所沢のタイソン」としてアウトロー界で名を馳せ、喧嘩のエピソードがネット上で都市伝説となっていった。2021年1月、それまでの沈黙を破り、YouTube「街録ch」に登場すると、あっという間に130万ビュー突破。同年3月、自身のYouTubeチャンネル「タイソンチャンネル」を開始。アウトロー界のニューカマーとして注目を集めている。

発行日　2021年5月27日第1版第1刷発行
2021年6月2日第1版第2刷発行

著者　久保広海©2021

発行者　中村保夫
発行　東京キララ社
〒101-0051 東京都千代田区神田神保町2−7 芳賀書店ビル 5階
電話　03-3233-2228
MAIL　info@tokyokirara.com

デザイン　オオタヤスシ（Hitricco Graphic Service）
写真　沼田 学
編集　中村保夫
DTP　加藤有花
印刷・製本　中央精版印刷株式会社

ISBN 978-4-903883-55-7 C0036　2021 printed in japan
乱丁本・落丁本はお取り替えいたします